Pr. Mr. Tristan de St. Amant
contre Angeloni —

Voyés
I. 1207.

LETTRE

ESCRITE

DE ROME,

En datte du 1. May dernier ,

A Monſieur de Crapin , par Monſieur de
la Mothe-Humont, ſur le ſuiet d'vn Libelle intitulé I L BOVINO OVERO.

A PARIS,

M. DC. L.

LETTRE

ESCRITE

DE ROME,

En date du 1. May dernier,

A Monſieur de Crapin, par Monſieur de
la Mothe Eumont, ſur le traiez d'vn Libelle intitulé LE BOVINO OVERO.

A PARIS,

M. DC. L.

LETTRE ESCRITE DE ROME,

en datte du 1. de May dernier, à Monsieur de
Crapin, par Monsieur de la Mothe-Humont,
sur le suiet d'vn libelle Imprimé à Rome, intitulé
IL BOVINO OVERO.

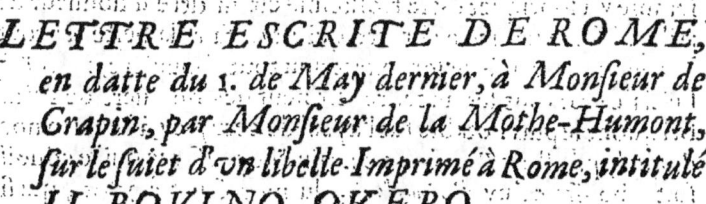

MONSIEVR,

Le libelle que ie vous enuoye dans ce pacquet, m'a mis hors de la peine en laquelle vous
sçauez que i'estois depuis 4. ou 5. ans. Car ie n'auois peu encore sçauoir au vray iusques à present, qui estoit ce
mastin que l'on disoit icy gronder horriblement, & auec
des menasses espouuantables, contre le nom de Monsieur Tristan de S. Amant nostre intime amy, & contre la reputation
de ses Ouurages. Mais enfin, voicy que ce Monstre apres vn violent abboy a vomy toute sa rage & sa bile dans cet infame libelle; & que sa puanteur en est paruenuë iusques à moy, auec la
connoissance que c'est vn nouueau Cerbere de forme differente de celuy que l'ancien Hercule dompta; lequel la Iustice diuine, ennemie de toute arrogance, iniustice, & malignité, presente pour exercice à la massuë de ce nouuel Hercule Musagete, laquelle il a empruntée de cette Déesse, Euripide estant resmoin dans son Hippolyte vers 1171. qu'elle en estoit armée, &
d'ailleurs le Sophiste *Procopius* remarquant en l'vne de ses Epistres, que cette Déesse & les Muses estoient sœurs. Ce Monstre
a trois testes comme cet ancien Cerbere, mais ce sont des testes
Bouines; & en cela differentes de celles-là, qu'elles sont tellement iointes ensemble, qu'elles n'ont qu'vn gros col enté sur
l'enorme corps d'vn gros buffle. Son nom estant aussi monstreux que son corps & que sa nature : car il s'appelle icy en Latin Italianizé, ou en Italien Latinizé, *Bouinangelonibellua*, & qui

A

en exprime trois en vn. Le premier estant son nom, comme le
titre de son libelle le fait voir, le second son surnom, & tout ensemble vn sobriquet, & le troisiesme est vn titre d'honneur attribué à son exercice ordinaire, qui est de faire la beste par tout.
Et tout cela à cause de son extraction toute bouuiere, cornuë, &
bestiale : car tous ses ancestres estoient des Bouuiers de l'Vm-
brie, dont le plus notable fut l'ayeul de cetuy cy, à l'ancien nom
duquel, qui estoit *Bouino*, vn certain Moyne Grec qui le cônois-
soit, adiousta celuy d'*Angeloni*, du mot Grec ἄγγελος, qui si-
gnifie vn Messager, parce que du viuant de son pere il fut quelque temps Messager ordinaire de Terni, qui est l'*Interamna* des
anciens. Ioint qu'il luy sembla y auoir encore quelque chose
de ce nom accommodé à sa naissance, car ἀγελάρχης designe vn
Maistre Bouuier; *Belori* estant pareillement le nom de *Bellua*
déguisé, lequel il auoit en commun auec sa sœur, mere du petit
Buffetin cornu son neueu, son heritier, & son scribe, autrement
appellé par ceux qui le connoissent plus particulierement, ou
qui luy escriuent en Latin, *Asinius Bellua*, ou bien tant en Latin qu'en Italien *Bestia* : Car tant dehors que dedans Rome, l'on-
cle & le neueu sont bestes en toutes langues. Au reste, ce Monstre ne se fait toutefois iamais peindre ny grauer qu'auec vne
seule teste, par hôte qu'il a de luy-mesme : De sorte qu'il se void
derriere les Antiquitez de Terni en cette forme, mais il y est representé assis, à cause de la monstrueuse grosseur de sa panse en-
flée, comme s'il auoit mangé vne Bupreste ou vn Enflebœuf
paissant dans les prairies de Terni; faisant vne telle grimace la
teste vn peu reuersée, qu'il est aysé à iuger que sa gorge commence à sentir les approches cruelles de l'immortelle goutte, fidele ministre de Némesis, qui luy fait de longuemain sentir la
vengeance diuine sur ses pieds, suiuant le Prouerbe, Νέμεσις
δὲ περὶ πόδας βαίνει. *Nemesis circa pedes obambulat.* Car la vengeance diuine est tousiours preste en faueur dudit sieur de St
Amant, à cause de son enuie, de sa ialousie, & de ses mesdisan-
ces, dont vous verrez le venin respandu dans cette bestiale Censure des riches presents que les Charites & les Muses ont libe-
ralement versées sur les Ourages dudit sieur de St Amant. Laquelle Censure ie vous addresse, afin que vous preniez la peine
d'y

d'y refpondre en fon abfence : Car vous eftes tellement intelligent, & fi heureufement verfé en tout ce qui concerne l'Hiftoire & l'Antiquité : qu'il vous fera ayfé de le foulager de cette peine. Ses occupations de la Campagne, où il eft allé pour longtemps, ne s'accordants pas d'ailleurs auec les diuertiffements de cette qualité. Meffieurs de la Verturne & de la Mairie Noftre-Dame vous baifent tres-humblement les mains, & vous offrent icy leur feruice en faueur dudit fieur de S. Amant. De Rome ce premier de May 1650.

Refponfe dudit fieur de Crapin audit fieur de la Mothe-Humont, addreffée & communiquée à Bouinangelonibellua.

MONSIEVR,

Vous m'auez fort obligé de m'auoir enuoyé l'admirable production de l'efprit Bouuier de IL BOVINO OVERO ANGELONI. Car il y auoit quelques années que fon beuglement monftrueux & non articulé retentiffoit iufques à Paris. Mais enfin, en voicy le fens myftique, qu'*Afinius Bellua* fon neueu, vn peu moins groffe befte que luy, en a griffoné. Que ie trouue fi facile à refuter, que i'en veux foulager Monfieur de St Amant Triftan, auant mefme qu'il fçache qu'il ayt paffé les Monts pour luy offenfer la veuë; n'eftant pas à propos de troubler fon repos en la campagne où il eft, pour fi peu de chofe, m'eftant ayfé de dompter ce Monftre en fon abfence auec fa maffuë qu'il m'a laiffée, tres-propre pour planter la terreur dans le ventre des fuperbes Sycophantes, & des ialoux & enuieux mefdifants. *Id eft, Bouinatorum.* Car au fiecle de Caton le Cenfeur, duquel le premier de la race d'*Angeloni Bouino Ouero* eut l'honneur d'eftre le maiftre Bouuier, l'on difoit *bouinari* pour *conuiciari*; & les rieurs & railleurs Italiens eftoient appellez *bouinatores*. Mais auant que ie te donne, ô *Bouino Ouero, Bouinatorum ftolidiffime*, le premier coup; Il faut que ie te demande d'où t'eft venuë cette infolence & cette prefómption, d'auoir ofé faire la rencontre odieufe de ton infame nõ auec ce

B

luy de Triſtan tant renommé dans l'Hiſtoire ? Ignorant, que le
renommé Cheualier Pierre Triſtan, Chambellan du Victorieux
Roy Philippe Auguſte, & frere de Geruais Triſtan grand Cham-
brier de France, ſauua la vie à cét illuſtre Monarque en la ba-
taille de Bouuines, qu'il gaigna contre l'Empereur Othon III.
& contre Ferrand Comte de Flandres, ainſi que *Rigordus* Hi-
ſtoriographe de ce grand Roy, la Chronique de S. Denys, & Me-
ier en ſon Hiſtoire de Flandres (qui le qualifie *Fortiſſimum Ve-*
romanduorum) le remarquent. Ce braue & fidele Cheualier ayãt
eſté depuis Grand-Maiſtre de la Maiſon de S Loüis, lequel il
eut l'honneur d'accompagner en ſon voyage de la Terre-Sain-
te, où il mourut. Et depuis encore ces braues & fideles Cheua-
liers Ieã & Raoul Triſtan, Sires de Magnelers, le premier deſquels dãs la vieille Hiſtoire de Loüis Duc de Bourbon écrite par
Oronuille ſon Secretaire, eſt honoré de cét eloge. *Triſtan Sire*
de Magnelers, que tous clamoient le Bon Cheualier. C'eſt à dire le
vaillant Cheualier, le ſecond qui eſtoit ſon fils, ayant eſté Grand
Eſchançon de France, accompagna le Roy René de Sicile en
toutes ſes fortunes guerrieres, deſquels font mention Froiſſard,
Monſtrelet, & autres Hiſtoriens, les Arreſts du Parlement, & les
Titres de la maiſon dudit ſieur Triſtan de St Amant. Que ſi
ce nom te ſemble melancholique, ſçache que l'epithete de *Tri-*
ſtis eſt ſouuent pris pour toute autre ſignification que tu ne t'i-
magine. Car *Lucilius* liure 28 le prend *pro docto & ſerio*, en ce
vers. *Adde eodem triſtis ac ſeuerus Philoſophus.* Et par *Afranius in*
Priuigno, ainſi. *Non ego te noui triſtem, ſeuerum, ſerium.* Cõme auſſi
par Varron *in Triodite*, ſelon *Nonius Marcellus*, ainſi. *Non Aruſ-*
picem triſtem, ſimul ac dici non quæro. Et en ſuitte par Ciceron en ſa
ſeconde Oraiſon contre *Verres. Iudex triſtis*, ce dit-il, *ac inte-*
ger : Car cét epithete eſt pris en cét endroit par *Seruius, pro*
ſeuero. Ainſi *Donatus* ſur ce vers de Terence *in Andria Actu V.*
Scena 1. *Triſtis ſeueritas ineſt in vultu, atque in verbis fides: Ad lau-*
dem, ce dit-il, *non ad amaritudinem ſumitur triſtis ;* citant meſme le
ſuſdit paſſage de Ciceron. De ſorte que ſi ſelon ta brauade imaginaire, par laquelle tu commence ton Epiſtre liminaire, ton
miſerable nõ ſoit tout contraire au ſien, & que tu le ſois, cõme
tu te vante, de fait comme de nom ; Certes tu te reconnois & te
manifeſte par toute l'Europe pour vn bouuier, vn ignorant, &

pour vn bouffon & lafche coyon. Tous ces epithetes eftants oppofites à ceux de *Doctus, ferius, grauis,* & *feuerus.* M'eftonnant comment tu n'appelle pas ledit fieur *Tritanum* au lieu de *Triftanum,* pour éuiter cette auantageufe loüange de docte, ferieux, & graue, que fon nom luy accorde; le dériuant du mot de *triftis.* Mais tu l'as euité comme vn efcueil : car tu fçais que ce fut le nom de deux inuincibles Athletes, pere & fils, l'vn defquels s'eftant enroolé dans l'armée du grand Pompée, porta par terre & fans eftre armé, d'vn feul doigt, le plus vaillant des ennemis, qui l'auoit prouoqué, & puis du mefme doigt l'emmena mal-gré luy à fon General. Ainfi que Pline le remarque l. 7. chap. 20. citant Varron. Et ce qui t'a peu perfuader qu'il eftoit defcendu d'ancienneté de cét Heros, eft que tu as peu auoir veu autrefois à Malthe, comme moy, le feu Cheualier Philbert Triftan fon frere, reconnu par toute l'Ifle pour le plus nerueux & plus fort Cheualier de cét illuftre Ordre, & dont la fin glorieufe éternizera le nom de TRISTAN à la pofterité, eftāt mort l'an 1617. victorieux d'vn Corfaire de Barbarie, ayant efté atteint durant vn combat de 4. heures de deux moufquetades, & puis frappé d'vn coup de fauconneau en pourfuiuant fon ennemy fuyant, & pareillement bleffé à mort. Auffi m'a-ton affeuré à Rome que tu eftimois ledit fieur Triftan de S. Amant fon frere eftre quelque Argante, Sacropante, ou quelque Pyrgopolinice, comme le iugeant pouuoir eftre defcendu de ce braue Cheualier, la terreur des mefchants. Triftan Seigneur de Leon Paladin renommé dans les Poëfies de Thibaud Comte de Champagne, dans l'Ariofte & dans Petrarque, ayant fottement abufé du tefmoignage de ce dernier. De forte qu'il ne faut pas s'eftonner fi tu as fi grande apprehenfion que ledit fieur aye leu ton libelle, te confiderant n'eftre qu'vn chetif Cercope auprès de luy, craignant auec raifon fa maffuë, de laquelle toutefois tu vas fentir bientoft la pefanteur fur tes cornes, ô Archibouuier de Terni. Car ie vay prouuer premierement deuant le Tribunal de la Verité, que tu calomnie fauffement ledit fieur, d'auoir taxé dans fes Cōmentaires quelques Antiquaires qui l'ont precedé. Sçauoir, *Erizzo, Antonius Auguftinus, Goltzius, Occo, Pignorius & Hemelarius,* les vns d'imprudence, & les autres d'ignorance. Mais quant

à cela, i'ay à reprefenter que ce que tu dis du plus fçauant d'entr'eux , qui eft *Antonius Auguftinus* Archeuefque de Tarraco-
ne, eft fi faux, qu'il n'eft pas plus veritable que tu es vn ennieux,
vn menteur, & vn larron des labeurs d'autruy. Car ledit fieur
de S. Amant a fi hautement loüé cét illuftre perfonnage, en
toute forte d'erudition en plufieurs endroits, que ie fuis affeuré
qu'il a efté celuy de tous les Efcriuains de ce fiecle qui a le plus
releué fon merite. Car tantoft il a qualifié le plus docte & plus
iudicieux Efcriuain que l'Efpagne ayt eu depuis plufieurs fie-
cles, T. 1. p. 91. puis en la page 559. perfonnage tres bien verfé dans l'Hiftoire & dans l'Antiquité ; & encore en la 632. p. il le
reconnoift pour le plus fçauant Efpagnol de fon fiecle. En quel
endroit donc l'a t'il taxé auec reproche d'imprudence ? Car à
l'endroit que tu indique, il n'a eu aucun deffein ny fuiet de le reprendre ; mais feulement il a repris *Schottus* d'inaduertance fur
l'Infcription de IVNO MARTIALIS , au Dialogue qu'il a
adioufté à ceux de ce fçauant Archeuefque. De forte que ta calomnie meriteroit le foüet. Quant à *Goltzius*, outre ce qu'il l'a
nommé plus de 20. fois pour tefmoin des infcriptions & remar-
ques diuerfes concernans les Medailles, par honneur & par obli-
gation, il l'a loüé en plufieurs endroits, & particulierement en
la p. 559. T. premier, le qualifiant prudent Antiquaire , & en
la p. 556. nommément, il fe fert notablement de fon authorité
& de celles de *Nonnius* & de *Pighius*. Pour le regard de *Pignorius*,
ie fçay que ledit fieur en a toufiours fait grand eftat, l'ayant mefme loüé, & fon explication de la main Hieroglyphique trouuée
à Tournay, en la p. 197. de fon 2. Volume, luy ayant auffi oüy
dire, qu'il euft efté à fouhaitter qu'il euft voulu efcrire fur les
Medailles antiques, comme ayant l'erudition & le Genie fort
propres pour y bien rencontrer, & illuftrer l'Antiquité. Pour ce
qui concerne *Ioannes Hemelarius*, ledit fieur l'a loüé en quelques endroits de fes Commentaires, pour l'elegance de fes explications , feulement y ayant adioufté qu'il les euft defiré vn
peu plus amples & plus exactes, comme l'ayant iugé auoir de
l'erudition fuffifante pour pouuoir encore faire mieux qu'il n'a
pas fait, ne s'eftant feruy du trauail d'autruy en ce qu'il a dit de
confiderable, comme tu as fait effrontément, quoy qu'auec
mauuais

mauuais fuccez. Quant à *Adolphus Occo* ; Il eſt à conſiderer
qu'encore que ledit ſieur de St Amant n'ait pas touſiours ſuiuy
ſes ſentimens, à cauſe de la difference de leurs Genies és iu-
gemens des choſes notables : Si eſt-ce qu'il l'a touſiours loüé
plus qu'aucun autre Eſcriuain n'a cy deuant fait, particulierement en la page 106. de ſon deuxieſme Tome : Sur tout pour
ſon ingenuité, exactitude & fidelité, à donner des inſcriptions
Grecques des Medailles rares, tout ainſi qu'il les pouuoit lire à
trauers la roüille & l'vſure, ſans nous impoſer volontairement.
De ſorte qu'il nous a facilité ſouuent le moyen de lire plus entierement & correctement pluſieurs d'icelles fort conſiderables.
Reſte de parler de *Sebaſtiano Erizzo*, lequel on peut dire auec
verité auoir le plus vtilement écrit ſur les Medailles de tous les
Italiens qui ont precedé *Fuluius Vrſinus* ; mais qu'il eſtoit fau-
tif, & trop peu reſerué à ſe ſeruir impunément des rapſodies des
Eſcriuains modernes de ſon ſiecle. *Antonius Auguſtinus* ayant
auſſi remarqué dans ſon onzieſme Dialogue, qu'il auoit donné
grand nombre de Medailles fort mal deſſeignées. Il nous a toutefois obligé d'en auoir donné pluſieurs dont les reuers ſont
rares & conſiderables : De ſorte que, tant pour ce reſpect, que
pour celuy de ſa grande lecture & autres qualitez qui ſe remarquent en luy, tu luy es auſſi peu comparable qu'vn Geay le peut
eſtre auec vn Aigle. Qui n'admirera donc, liſant cecy, ton impudence, d'auoir oſé impoſer de la ſorte audit ſieur Triſtan? Certes tu es bien digne du foüet de Nemeſis. Car i'en ay remarqué
le ſuiet, qui regarde ton intereſt ſeul, & non le reſpect que tu
porte à la reputation de ces doctes Antiquaires : qui eſt, qu'il t'a
ſemblé qu'ayant remply ton liure de l'Hiſtoire Auguſte, de ces
explications controuerſées & refutées par ledit ſieur, comme
les ayants rapinées deçà delà dans leurs œuures, tu as creu qu'en
reprenant ces Antiquaires, il découuroit auſſi tacitement ton
ignorance, & tes larcins à tout le monde. Car pour ne te rien
diſſimuler, tu as eſté ſi mal-heureux au choix de ce que tu as volé
aux autres Antiquaires pour former tes impertinentes explications, que ç'a eſté iuſtement ce qui s'y pouuoit remarquer d'abſurde ou inutile. Ce qui a fait, que ton ouurage eſtant en tout

C

le reste entierement sterile ou inepte, a esté incontinent trouué
indigne d'estre gardé dans les Bibliothecques, plusieurs en ayant
relegué les exemplaires aux boutiques des Apothicaires, Espi-
ciers, Charcutiers, des Fruictieres, & Beurrieres, pour en faire
des enueloppes & des cornets. De sorte que i'ay bien eu de la
peine pour en trouuer vn à lire depuis l'enuoy que Monsieur de
la Mothe-Humont m'a fait de Rome de ton infame censure Bouine. Et neantmoins ton balon ne laisse de s'enfler tousiours de
plus en plus de cette ridicule imagination, que le feu Roy Loüis
treiziéme de glorieuse memoire t'auoit honoré de l'enuoy de
deux-cents Loüis pour recompense de tes labeurs. En quoy,
Bouuier mon amy, tu te trompes honteusement : car ce fut le
sieur de Chantelou, qui pour n'auoir leu ton liure, n'en connois-
soit l'inutilité & les inepties tres-absurdes, lequel on luy asseu-
roit t'auoir occupé quinze ans entiers auec grande despense &
incommodité, obteint icy pour toy cette aumosne par compas-
sion qu'il en eut. Cependant cette petite fortune te semble t'e-
stre arriuée par ton merite. Mais, certes, si sottement, que l'on
doit dire de toy auec verité.

Fortuna nimium quem fouet, stultum facit.

Cependant les intelligens Antiquaires d'Italie, porterent im-
patiemment de voir vne telle effronterie auoir esté si hautement
salariée, & que selon le Prouerbe de *Zenobius*, Θεὸς ἡ Ἀναιδεία, ton
impudence t'ait procuré cét émolument. Car ils disoiët, & le disent encore, que cet ouurage est l'opprobre le plus honteux qui
se pouuoit former côtre l'honneur de leur Nation. D'autant que
nõ seulemët il ne côtient que tres-peu de Medailles de quelque
consideration; mais mesme, que les trois parts estoient compo-
sées d'Happelourdes vernies par artifice & encornées pour en
desguiser la falsification; & le tout tant antique que moderne, si
miserablement expliqué, sans erudition, grace, ornement ny
vtilité, que le tout en est plus nud que le crane d'vne squelette.
Vne si riche & si superbe abõdance d'incomparables singularitez, dõt vne centaine de Cabinets sont rëplis auec admiration
par toute l'Italie, ayant merité que quelque habile homme, ingenieux, de grande lecture, & de iugement exquis, dont ie ne
doute pas qu'elle ne soit suffisamment bien pourueuë, eust pris

la peine d'en obliger les autres Royaumes & Eſtats de l'Europe,
deſtournant cette honte qu'elle a receuë, par vn trauail ſi groſſier & ſi veritablement *Bouino*. Car ſi cela euſt eſté, ledit ſieur
n'euſt entrepris de taſcher d'en ſuppleer tellement quellement
le defaut, par le ſeul zele qu'il a pour le public; auquel il a donné vn ouurage d'vne ſi magnifique deſpenſe gratuitement &
ſans deſſein d'en retirer autre recompenſe, que celle-là ſeule,
qu'il luy en ſçeuſt gré. Tõ ineptie eſtãt tout à fait ridicule, ô *Bo-*
uino Onero, de croire que le ſous-ris que fit ce ſçauant & genereux Caualier (dont i'ay ſçeu le nom,) en liſant dans l'Auãt-diſ-
cours duditſieur la rẽcontre de ſa fortune curieuſe auec celle de
Ciceron, fuſt vne marque de quelque meſpris qu'il en euſt fait:
Car il eſt trop iudicieux & trop ialoux de la verité pour en auoir
eu la moindre penſée. Mais au contraire, ce fut qu'il eſtima l'a-
greable ingenioſité de cette ſimilitude. Auſſi ie ſçay, qu'il dit à
l'inſtant, qu'à la verité il y auoit bien du rapport au bon-heur
que ledit ſieur Triſtan auoit eu de deſcouurir tãt de petits Thre-
ſors, auec celuy que cét incomparable perſonnage auoit eu en
la deſcouuerte du tombeau du Grand Archimede, ſon Epitaphe, & ſa Colomne marquée d'vn cylindre & d'vn compas.
Mais qu'il pouuoit dire dauantage en ſon honneur, qu'il auoit
beaucoup plus fait que Ciceron: Car ledit ſieur n'auoit pas ſeulement manifeſté les merueilles de l'Antiquité, mais meſme les
auoit renduës vtiles au public par ſes riches explications. Que
te ſemble donc, ô Bouuier de Terni, de ce teſmoignage? Certes ſi tu n'as le cerueau inueſty & conſtipé d'vne tres eſpaiſſe
pituite, tu iugeras bien à preſent combien ta coniecture
eſtoit abſurde. Et cependant tu as l'effronterie de dire, que
les trois Volumes de ſes Commentaires Hiſtoriques ne contiennent pas la moindre partie de l'Hiſtoire de l'Empire: Car ta
ialouſie t'empeſche de reconnoiſtre que ce qu'il en auoit entrepris d'illuſtrer, n'eſtoit que ce qui eſtoit le moins connu, ou
entendu, & que ce que tu n'approuue pas dans les reflexions
des vertus & des vies des Monarques Romains & de leurs femmes & alliances, Tyrans & autres; toutes les obſeruations faites
doctement & iudicieuſement ſur leurs noms, extractions, & titres d'honneur, & autres ornements de l'Hiſtoire, & ce dont

les doctes du siecle ont d'autant plus fait d'estat, que moins tu
as esté capable de le suiure & l'imiter en cela. Toute ta dexterité n'ayant paru qu'à desrober plusieurs choses de son premier
Tome, & particulierement, le commencement de ton Proëme
ayant esté volé par toy effrontément, du commencement &
autres endroits du sien (dont vn sçauant personnage de ses amis
luy donna aduis) & le surplus, de tous les autres Antiquaires.
Ce larcin auec vn autre concernant l'interpretation de la Medaille Grecque d'*Antinous* & le Dieu *Lunus* ; que tu as empruntée de ce que ledit sieur en auoit remarqué sur la 22 Medaille d'Hadrian, & deuxiesme dudit *Antinous*, outre plusieurs
autres ; sans que tu en aye non seulemēt eu la moindre recōnoiſ-
sance enuers luy , mais mesme sans l'auoir nommé en tout ton
œuure, t'ayant fait iuger tres digne d'estre gaussé, repris, & mal
traité en 2. ou 3. endroits ; au moins en qualité d'homme , non
seulement lasche & ingrat, mais aussi d'esprit grossier & tout
Bouino Ouero. Dont est procedé tout le venin que tu luy as pre-
paré depuis 5. ans , & que tu as vilainement vomy contre luy
dans ton miserable libelle ; mais qui sera mortel à ton nom. Car
les trois seules Censures que i'auois si legitimement faites , &
dont tu te plains si fort, seront cause que i'y en adiousteray
plusieurs autres cy apres. afin de t'humilier en éuentant ton balon, apres que i'auray fait voir ton ignorance sur toutes celles
que tu as temerairement & presomptueusement entrepris de
faire auec tes Protocoles, aussi peu iudicieux que toy , sur quelques vnes des explications comprises dans le premier Tome
dudit sieur : la premiere desquelles regarde la fable de l'extraction pretenduë de Cæsar estre venuë d'Anchise & de Venus :
Sur le suiet de laquelle ie te vay entretenir.

Contre la premiere Censure de *Bouino*, concernant l'extraction de Iules Cæsar, estimée fabuleuse par le sieur Tristan de St Amant.

LA premiere Censure, *Bouino*, concerne la fable de l'extraction diuine de Iules Cæsar ; Comme s'il auoit eu, selon

ta

ta croyance Bouine, vne Deeſſe pour anceſtre, & qu'elle euſt
conçeu Ænée par le prodigieux accouplement de ſon pere Anchiſe auec elle : T'offençant de ce que i'ay qualifié fable auec
Lucain, ce qui en auoit eſté publié du viuant de Iules Cæſar ;
tant par luy que par ſes conſanguins, & autres partizans de ſa
famille & de ſes ambitieux deſſeins, conformément à ce que Lucain en teſmoigne par ces vers.

Iliacæ quoque ſigna manus periituraque caſtra
Omnibus petiere ſuis. Nec fabula Troiæ
Continuit, Phrygioque ferens ſe Cæſar Iulo.

Eſtant certain que cette imagination que Cæſar en auoit taſché d'imprimer petit à petit dans les eſprits des Romains, auoit
eſté trouuée ſi ridicule, qu'elle en rendit la vanité & le menſonge
à tel mépris, meſme à *Ilium*, que ſes habitants ioigniréṭ par brauade leurs trouppes auxiliaires à l'armée de Pompée. De ſorte
qu'il fallut qu'il demeuraſt victorieux pour pouuoir l'authoriſer, mal-gré eux, & contre la cõnoiſſance qu'ils auoient du contraire, par le prodigieux ſuccez de ſes armes, & par la mort de
Pompée meſme, forçant ces peuples & les autres de receuoir
pour Hiſtoire ce qui n'eſtoit qu'vne fauſſe illuſion ; Ce mot de
forgée, dont a vſé ledit ſieur, deſignant qu'ils auoient fait vne
Hiſtoire d'vne fable, apres que cét oppreſſeur de la liberté pu-
blique ſe fut rendu ſouuerain. C'eſtoit toutefois vne Hiſtoire
toute Chimerique, n'y ayant iamais eu aucun autheur auant Cæſar meſme qui fut le premier (mais tres-mauuais teſmoin en ſa
propre cauſe) qui en euſt fait la remarque. Eſtant certain que
ſi cette extraction euſt eſté eſtimée veritable, Ciceron ne l'euſt
pas diſſimulée en ſon Oraiſon pour *Ligarius*. Car que pouuoit-
il dire de plus agreable à Cæſar, & plus capable de vaincre ſon
courage, & le fleſchir en ſa faueur & de celle de ſon client, que
de mettre en jeu cette extraction diuine qu'il taſchoit auec tant
d'artifice & de vanité perſuader à tout le monde ? Cela eſt tout
apparent. De ſorte que Lucain a eu grande raiſon d'en quali-
fier l'Hiſtoire pretenduë vne Fable, & non pas cette Fable, Re-
nommée, ainſi que tu le ſouſtiens. Le Poëte Italien Campani,
ayant tres-mal tourné *Fabula* en *Fama*. Car iamais *Fabula* ne

D

s'eſt trouué dans aucun autheur ancien employé *pro Famæ.*
Auſſi n'y a-t'il rien d'analogique en ces deux mots. Mais ſi tu
n'auois pris auec ton Protocole le perſonage de Cenſeur, ie t'ex-
cuſerois, parce qu'il eſt conſtant que tu n'entends non plus le
Latin qu'vn enfant de dix ans; Ton raiſonnement d'ailleurs
eſtant ſi groſſier & ſi imprudent, que de t'eſtre ſeruy de l'autre
paſſage du meſme Lucain l. ix. pour vne verité qui combatte ce
qu'il auoit dit auparauant; Veu que non ſeulement c'eſt Cæſar
qu'il introduit parlant de ſoy meſme, mais auſſi que c'eſt par fi-
ction Poëtique qu'il l'introduit, faiſant ainſi ſa priere ſur quelque monceau de pierres que l'on s'imaginoit eſtre reſtées de la
ruine de Troïe. Auſſi Prudence ſe gauſſe prudemment l. i. contre *Symmachus*, de cette vieille reſuerie, & de ces prodigieuſes
fictions d'accouplements des Dieux Mars & Venus, & de Venus meſme auec Anchiſe. Ainſi,

> *Ille ſacerdotem violat, contra illa marito*
> *Succubuit Phrygio, coitus fuit impar vtrique,*
> *Nec terreſtre Deam decuit mortale ſubire*
> *Coniugium, nec cœlicolam deſcendere ephœbum*
> *Virginis ad vitium, furtinoque igne calere:*
> *Sed Venus auguſto de ſanguine femina, vili*
> *Priuatoque viro vetitum per dedecus hæſit.*

Puis apres il adiouſte en ſe mocquant.

> *Hæc Italos induxit auos, vel fama vel error,*
> *Martia Romuleo celebrarent vt ſacra campo.*

Et puis encore ſe gauſſant de tout ce que la credulité & ſuperſti-
tion idolâtre auoit fabuleuſement ſuggeré aux Romains, en
conſequence de ce qu'il diſoit eſtre arriué depuis la ruine de
Troïe, adiouſte.

> *Et tot templa deûm Romæ quot in vrbe ſepulcra*
> *Heroûm numerare licet: quos fabula manes*
> *Nobilitat, noſter populus veneratus adorat,*
> *Hos habuere deos, Ancus, Numitor, Numa, Tullus,*
> *Talia Pergameas fugerunt numina flammas.*

Ainſi, *Bouino*, tu vois bien que Lucain n'a pas eſté ſeul qui a
qualifié Fable toute cette deſcente, alliance, fourberie, ou Co-
medie Troïenne, & de ſes fugitifs. Dion Chryſoſtome que tu

n'as iamais leu, en remarque bien d'autres en sa 11. Oraison. Strabon pareillemēt, auant Lucain & Dion, en son XIII. liure, prouue par Homere mesme, qu'Enée ne partit iamais de Troïe; au contraire, qu'il y regna & les siens apres que Priam & ses enfans y furent decedez. Sçache donc, que cōme dit S. Ambroise: *Vetustas sine veritate, vetustas erroris est*; Et que toutes ces iactances Cæsarienes & Iulienes, Troïenes & Romaines n'estoient que des fables, & fictions Chimeriques; Estant constant qu'à la fin τῷ χρόνῳ φωρεται, ἢ πεϱὶ αὑτὰ χαταϱϱεῖ. *Vitiosa & ficta tempore deprehenduntur, & in ipsa coruunt*, ce dit vn ancien Poëte. Ainsi par vne vanité toute pareille, & aussi ambitieuse, Marc-Antoine son grand confident se publioit estre de la race d'Hercule, pretendant que ses ancestres estoient yssus d'vn fabuleux Anteon, fils de cét Heros, ainsi que Plutarque le remarque en sa vie. Mais apres tout, quand Cæsar seroit descendu de l'admirable sang de Venus, d'Anchise, & d'Ænée; quel honneur luy en seroit il arriué; d'auoir eu pour grands ayeuls vne garce & vn traistre? Car *Menecrates Xanthius* tres-ancien autheur Phrygien remarque dans *Dionysius Halicarnasseus* l. 1. qu'Enée auoit trahy sa patrie, & receu pour recompense le titre & droit de Bourgeoisie & de concitoyen par les Achæens. Ce qui est confirmé par l'ancien Autheur *Originis Gentis Romanæ*. Que te semble donc, *Bouino Ouero*, de cette premiere estocade contre ta panse de Bufle; n'est-elle pas capable d'estourdir vn peu le bruit de ton premier mugissement? Certes, tu vois bien que ledit sieur est yssu du sang genereux de ce braue Paladin Tristan: Car il mesprise comme luy les fables; de sorte que ta coniecture, qu'il estoit de ses ancestres, n'a pas esté bouine, mais certes, diuine.

Contre la 2. Censure de Bouino, concernant l'explication de la Medaille de Cæsar auec vn Elephant.

BOuero *Ouero* de Terni. Ie ne m'estonne pas si tu n'as peu digerer ce que ledit sieur a remarqué sur cette Medaille qui a d'vne part vn Elephant auec le mot de C Æ S A R, &

de l'autre les inftruments employez aux facrifices. Parce qu'il
n'a pas fuiuy comme toy, qui ne dis iamais rien du tien, les fen-
timents de *Fuluius Vrfinus*. Ton efprit eftant fi fort enfeuely
dans la pituite & le flegme, qu'il ne peut rien produire de fub-
til, ny d'ingenieux. Or pour te faire icy ta leçon, & à ton Protocole: Ie t'aduertiray en premier lieu au nom dudit fieur de S.
Amant, que cét Eléphant ne peut eftre icy pris pour le fymbole de l'Afrique, puifque le nom de l'Afrique n'y eft pas mis auec
celuy de Cæfar, dont le nom eftant feul exprimé, il eft certain
qu'il ne regarde que la perfonne feule de Cæfar, comme fon
reuers reprefente fa dignité Pontificale, puifque fon nom eft
en l'vn, & en l'autre le titre de fa dignité; & fur cela, il n'y a rien
à repliquer qui puiffe eftre receuable. Car lors qu'és reuers des
Medailles l'Elephant y reprefente l'Afrique, iamais le nom de
Cæfar ne s'y trouue infcrit, mais le nom mefme de l'Afrique;
comme aux Medailles d'Hadrian, où mefme fans nom cette
Prouince y eft effigiée en figure de Déeffe, ayant vne trompe &
les dents d'vn Elephant fur la tefte, ou à cofté d'icelle, comme il
fe void és Medailles de Tite & de Domitian Grecques, & ailleurs.
Que fi le nom de Cæfar euft efté eftimé defigner vn Elephant,
il eft certain que les Empereurs qui luy fuccederent, (mais mefme plus particulierement Augufte qu'aucun autre) & qui per-
petuerent le nom de Cæfar en eux, n'euffent manqué de le defigner fouuent par ce mefme animal. Ioint que les ayeuls de Cæfar portants le mefme nom, n'euffent manqué de le faire reprefenter és Medailles Confulaires de leur famille. C'eft donc vne
erreur en Spartian fuiuy innocemment par *Seruius*, que ce nom
de Cæfar fignifiaft en langue Afriquaine, vn Elephant. Ioint
que fi cela euft efté, on en auroit veu d'autres preuues dans les
Autheurs claffiques, mais fur tous dans les Afriquains, comme
dans *Martianus Capella*, dans Tertullien, S. Cyprien, Arnobe,
S. Auguftin, & autres, ce qui ne fe trouue nullement. D'ailleurs
ce nom de *Cæfar* fe remarque par *Seruius* mefme fignifier en langage Gaulois *Dimitte*, dont le paffage eft notable. C'eft fur ce
vers du x. de l'Æneide.

Direptumque ab equo dextra complectitur hoftem.
Hoc de hiftoria tractum eft, ce dit-il, *Nam Caius Cæfar cùm di-*
micaret

micarèt in Gallia : & ab hofte rapius, equo eius portaretur armatus, occurrit quidam ex hoftibus qui eum noffet, & infultans ait Cæfar, Cæfar. Quòd Gallorum lingua, Dimitte fignificat ; ita factum eft, vt dimitteretur. Hoc autem ipfe Cæfar in Ephemeride fua dicit, vbi propriam commemorat felicitatem. Eſtant vn raiſonnement le plus abſurde qu'il ſe puiſſe imaginer, de tirer conſequence de ſa terminaiſon en *A R* qu'il ait eſté Afriquain ou Carthaginois, à cauſe du nom d'*Amilcar*, & encore (comme tu le dis veritablement en homme-cheual) & de celuy de Hannibal, car tu ne faits point de difference entre *AL* & *AR*. Ne conſiderant pas que par cette cóſequence de cette terminaiſon en *AR* on doit pluſtoſt reconnoiſtre ce nom de *Cæſar* eſtre Latin, qu'Afriquain ou Carthaginois. Car il y a plus de mots Latins qui l'ont en *AR*, que tu ne m'en ſçaurois deſigner en cette autre Langue : comme *Puluinar, Far, Lar, Hepar, Calcar, Nectar*, & autres, dont quelques vns dériuent du Grec. Cette raiſon eſtant auſſi Bouine, c'eſt à dire impertinente, que ſi l'on diſoit que le nóm du Fleuue *Arar* fuſt Afriquain, à cauſe de ſa terminaiſon. Certes il n'y a rien de plus inepte que ces inductions. Auſſi la conjecture de *Caſaubon*, qui tire ce mot comme par les cheueux du Syriaque imaginaire eſt reconuë par les plus judicieux hors de toute apparence. Veu d'ailleurs que dans les imprimez de Spartian, il n'y a pas *Cæſar*, mais *Cæſa*, & ſelon le Manuſcrit Palatin, *Cæſai*. De ſorte qu'il eſt plus raiſonnable de le maintenir Latin que d'vne autre Langue, veu que Spartian meſme remarque, que le premier de la famille *Iulia* qui receut ce ſurnom, le receut, *quòd cum magnis crinibus eſſet vtero parentis effuſus*: C'eſt à dire à *Cæſarié*, c'eſt à dire vne cheuelure, qui eſt vn mot qui vient meſme du Grec Κόμη, qu'*Heſychius* prend pour ἀποκεφάλαια, vne cheuelure decorant le tour de la teſte auec decence, ou bien appoſée par artifice à icelle.

Venons à preſent au ſymbole de l'Elephant, lequel tu dis deuoir eſtre pris pour l'Eternité, la Munificence, la Conſecration, & pour l'Afrique. Surquoy tu fais voir manifeſtement combien la faculté de diſcerner les choſes eſt eſtouffée dans ta teſte Bouine ; eſtant veritable, que l'Elephant ne ſignifie jamais tout cela par ſymbole. Car la Munificence n'eſt deſignée par cét animal,

E

qu'ainsi que *Ludi fæculares* le font dans les reuers des Medailles par vne grande diuerfité d'autres animaux que les Empereurs y faifoient voir au peuple par liberalité & magnificence. Mais encore faut-il que pour defigner cela aux Medailles où l'Elephant eft repreſenté, que cette inſcription ſoit autour de cét animal, MVNIFICENTIA AVGVSTI. Car de ſoy, l'Elephant ne ſignifie nullement la liberalité. Ainſi en eſt il de l'Eternité. Car tout ſeul ſans inſcription du mot ÆTERNITAS, ou qu'il ayt ſur ſon dos vn ieune gárçon, comme il s'y void touiours auoir eſté obſerué par les anciens : Il ne ſe remarque point defigner neceſſairement és deuiſes des Empereurs l'Eternité, & encore moins vne Apotheoſe ou Conſecration, autremét qu'accouplez deux à deux à vn char ; mais iamais l'Elephant ſeul & ſans accompagnement ne ſe trouuera repreſenter vne Conſecration. Et pour le regard de l'Afrique, il ne la deſigne pas auec plus de priuilege, que les Scorpions, les Serpens, le Cheual, ou le Pegaſe, ny que les Lions. Car tous ces animaux en ſont les ſymboles és reuers des Medailles, comme ce que i'en ay remarqué ſur la onziéme Medaille d'Auguſte le iuſtifie p. 89. & les reuers des autres Medailles auſſi de Domitian, Hadrian, Seuerus, Caracalla, Maximian, Maximin, Maxence, & autres. Reſte à te faire voir comme tu te broüille encore en conſequence de ce qui concerne cét animal. Sur le ſuiet duquel tu fais voir en premier lieu que tu n'entends ce que tu veux dire. Car ce que i'ay dit qu'Artemidore n'auoit deu reſtraindre le ſymbole de Royauté de l'Elephant en Italie, il l'entendoit auſſi par ce moyen en Afrique. Car ſi cela eſt, que deuiendront donc les Indes, qui ne furent iamais attaquées, & encore moins par conſequent aſſuietties par les Romains ? où cét animal eſtoit auſſi pris pour ſymbole de Royauté ou Principauté ? Certes il te faut donner tous les matins vne pótion d'Elebore pour te purger le cerueau. Au ſurplus, ce que tu repreſente de *Q. Cæcilius Metellus Scipio Pius*, ayant au reuers de ſa Monnoye vn Elephant repreſenté, auec l'Inſcription de SCIPIO IMP. Ie ne croy pas qu'il te puiſſe ſeruir à autre choſe qu'à confirmer les ſentimens dudit ſieur de St Amant, & à ruiner les tiens. Car par la conſequence de ce que tu veux ſouſtenir que cét Elephant ayant

le nom de Cæfar derriere fa Medaille, marque que CÆSAR
fignifie en langage Afriquain vn Elephant; que l'on deuroit
auffi eftimer les familles *Cæcilia*, & *Cornelia*, iointes en la perfonne de Scipion en auoir eu auffi rencontre en leurs noms &
titres. Mais qu'apres tout fi ce furnom de Cæfar euft fignifié vn
Elephant en Afrique, il n'euft pas efté oublié par Artemidore,
Philofophe docte & iudicieux, viuant en vn fiecle auquel il ne
le pouuoit ignorer; car il eftoit en reputation fous Hadrian &
les Antonins. Mais il dit en fon deuxiéme liure chap. 12. que cét
animal eftoit feulement pris en Italie pour fymbole d'vn perfonnage de dignité Royale, principale, & fureminente. De forte
que fi le nom de Cæfar l'euft defigné en cette Langue, il ne l'euft
pas oublié, & l'euft adioufté en cette occafion. Ce qui iuftifie
affez, que tant en la Medaille de Cæfar, qu'en celle de Scipion,
où vous voyez vn Elephant & le nom de Scipion mis au deffous
pour infcription auec le mot & titre de IMP. c'eft à dire, *Impe-*
rator, cét animal y a efté reprefenté pour defigner les dignitez
fureminentes de ces deux perfonnages, illuftres, tant en Afrique qu'en Italie. Ce qu'eftant tout apparent, tu nous fais voir
pour ton regard manifeftement qu'en toute ton obferuation
ἐλέφαντος διαφέρεις ὐδέν, *ab Elephanto nihil differs*; fuiuant le Prouerbe, qui s'entend des ftupides & des ineptes comme toy.

Contre la troifiéme Cenfure de Bouino, concernant l'Hermathena.

LA queftion que tu fais audit fieur de St Amant fur ce fuiet, eft bien ayfée à refoudre. Car ce qui luy a fait dire
qu'en l'*Hermathena* tacitement le *Terminus* eftoit auffi compris en ce reuers des Triumuirs, eft par la confideration de ce
que cét enigme ne defigne pas feulement la prudence tant militaire que politique; & l'induftrie, addreffe, & bonne conduite de ces trois perfonnages en leur vnion; Mais auffi la fermeté
& ftabilité en leurs confeils, & que par confequent leur concorde de trois deuoit auffi eftre comparée aux attributs de trois
Deïtez, & non de deux feules. Car l'Herme feruoit auffi bien

de borne au long des chemins pour les terres qui les accoſtoiẽt, que pour les monſtrer, enſeigner, & maintenir. A laquelle conſideration meſme, cét embléme de la dixiéme pierre grauée dans *Gorlæus*, & qui eſt vne Onyce, s'accommode. Car outre les deux Deïtez de Mercure & de Minerue, il y a encore vn Cippe entre eux deux, ſur lequel ils poſent chacun vn pied, comme pour ſuppleer au defaut de la baze Terminale de l'Hermathene qui eſt diuiſée & ſeparée en deux dans cette Onyce, en deux ſimulachres de leur hauteur, Et encore en cette pierre antique tetragone, ſur laquelle, Mercure & Minerue ſont pareillement arreſtez en Hermathene ſeparé, qui a rencontré auec les deux ſtatuës de ces deux deïtez, rapportées par *Gruterus* p. 50. auec cette inſcription, MERCVRIO ET MINERVÆ DIS TVTELARIBVS. Eſtant apparent que cette pierre quadrangulaire eſtoit vn *Terminus Sacrificalis*, ſur lequel les Anciens ſacrifioient aux deïtez Terminales, ſuiuant ce que ie remarque dans vn fragment du ſecond liure *De Finibus* de *Frontinus*, qui en parle ainſi. *Plurimis deinde locis terminos ſacrificales non in fine ponunt. Sed vbi illos ſacrificii potius opportunitas ſuadet ponit. Hoc eſt loci commoditas; in quo ſacrificium abuti commodè poſſint.* Au reſte, il faut que tu ſçache qu'il y auoit plus d'vn Dieu Terminal, comme il ſe void dans *Dionyſius Halicarnaſſeus*, l. 2. de ſes Antiquitez: Car ſans doute, outre le *Terminus*, Mercure y eſtoit auſſi compris, Mercure eſtant pour ce ſuiet veneré ſous l'epithete de ἐπιτέρμιῷ, c'eſt à dire *Terminalis, qui terminis & finibus præeſſet*, ſelon *Heſychius* C'eſt pourquoy tu vois ſes deux ailes arreſtées ſur le front du Dieu *Terminus* en la Medaille Conſulaire de *Q. Titius*. Ce qui eſt vn ſecret d'Antiquité que ie te découure, cõme l'ayant ignoré auec tes Protocoles, que i'excuſe toutefois, parce que ie remarque que *Fuluius Vrſinus* meſme, *Ortelius*, ny *Gorlæus*, ne l'ont non plus apperçeu qu'eux auec toy. Seulement ie te blaſme, de ce que tu es ſi auide de reprendre ce que tu n'entends pas, que cela te fait également reconnoiſtre malin & enuieux contre les interpretations dudit ſieur Triſtan, & tout enſemble groſſier & ignorant. Ayant de malheur, outre cela, que toutes tes Cenſures tournent toutes à l'auantage de ſa reputation, & à l'illuſtration & plus ample confirmation

firmation de fon bon fens, bon iugement, & rare intelligence
de ces monuments exquis de l'Antiquité.

Contre la quatriéme Cenfure, concernant la Medaille de Marc-Antoine.

TV n'auras pas vn meilleur fuccez, *Bouero Ouero*, en la Cenfure de cette Medaille de Marc-Antoine, qui reprefente
d'vne part le vafe appellé *Præfericulum*, & le *Lituus* ou Croffe
Augurale, auec l'Infcription de M. ANTONIVS IMP.
AVG. IIIVIR, RPC. Et en l'autre vne cruche ou vrne entre vn foudre & vn caducée, auec l'Infcription de L. PLAN-
CVS IMP. COS. Car la paffion de defirer trouuer à reprendre
dre quelque chofe és Obferuations dudit fieur Triftan, t'aueugle
tellement, que tu n'es capable d'aucun difcernement, te feruant
imprudemment de l'authorité de *Ioannes Hemelarius*, qui a
failly auant toy. Ce que ie vay te faire voir diftinctement, veüille
ou non, ou bien aux autres pour toy, fi d'auanture tu combats
en Andabate ayant les yeux bandez. En cette Medaille que
i'ay rapportée & fait grauer, le vafe qui y eft reprefenté d'vne
part auec la Croffe augurale, eft fi veritablement le *præfericu-*
lum, & principal vafe employé és facrifices, & qui auffi eft reprefenté pour tel par du Choul p. 231. que mefme il fe void toujours
placé entre tous les autres inftrumcnts & vaiffeaux employez
aux facrifices, és Medailles antiques, fur toutes en celles des Empereurs qui ont pour deuife PIETAS AVG. ou AVGG. C'eft
pourquoy lors qu' *Hemelarius* & toy auec luy voulez confondre ce vafe, auec cette buye ou vrne qui eft au reuers des Medailles des familles *Iulia*, *Antonia*, & *Munatia*, auec l'Infcription de L. PLANCVS, vous vous trompez lourde-
ment, car manifeftement ils font en forme & ornemcnts tous
differents. De forte qu'auec certitude l'on doit affeurer que
leurs vfages l'eftoient auffi, eftant apparent que s'ils ne l'euffent été, l'on n'euft pas reprefenté deux mefmes vafes en
vne mefme Medaille, comme il fe void en celle que i'ay expliquée. Il eft donc conftant, que cette vrne qui eft entre ce

f

foudre & ce caducée, est autre que celuy qui est en l'autre part
representé aupres de la Crosse Augurale : & que ç'a esté vne
grande temerité à toy d'en auoir voulu tirer les vaines conse-
quences qui se lisent en ta Censure au preiudice des coniectures
& sentiments dudit sieur de S. Amant, qui certes sont fort bien
fondés. Car il faut de toute necessité que cette vrne constituée
entre le foudre & le caducée designent vn autre mystere que le
symbole des dignitez sacerdotales & augurales iointes en la
personne de Marc-Antoine, puisque l'vn des costez de la Medaille de ce Triumuir en est remply. De sorte que nous ne de-
uons douter, que cela estant, cette vrne ne designe autre chose
en son reuers que ce qui se void de l'autre part, & qu'estant
quelque mystere considerable, ce ne doiue estre sans aucune
difficulté; ce que ledit sieur en a remarqué auec des preuues si
apparentes. Le passage d'Appian Alexandrin en ses guerres Par-
thiques y estant si formel. Car ie me tiens encore obligé de le
rapporter icy. Εξιέναι ἢ μέλλον ἐπὶ τὸν πόλεμον, ἀπὸ τῆς ἱερᾶς
ἐλαίας ςέφανον ἔλαβε, ἢ καταπι λόγιον, ἀπὸ τῆς Κλεψύδρας ὕδατος
ἐμπλήσας ἀγεῖον ἐκόμιζεν. C'est à dire ; Estant sur son expedition, (contre les Parthes) il se fit faire vne couronne de rameaux de l'Oliuier sacré, & suiuant le conseil d'vn Oracle, il
fit porter auec luy vne Cruche pleine de l'eau de la fontaine
Clepsydra : Et cela conformément à ce que Plutarque en auoit
remarqué, & aux mesmes termes. De sorte que Marc Antoine
Augur qu'il estoit, prit pour augure de victoire l'aduis de cét
Oracle, muny de ce vaisseau plein de cette eau diuine, & en
prit la deuise en sa monnoye au derriere de celle de sa dignité
Pontificale & Augurale, representant la Cruche qui la côtenoit
entre vn foudre & vn Caducée. Ce foudre marquant l'assistance diuine qu'il esperoit de Iupiter contre les Parthes, perpetuels
ennemis des Romains, & qu'il en foudroyroit la puissance &
l'audace, comme ce Dieu fit l'insolente entreprise des Titans,
par le secours de Minerue mesme, de l'Oliuier sacré de laquelle
Deesse il s'estoit couronné. Ce Caducée marquant qu'il leur
enuoyoit declarer la guerre s'ils ne se soubmettoient à ses loix.
Mais si le succez de ses armes ne correspondit pas à ses esperan-

ces, cela ne fait rien toutefois contre la verité de la coniecture
dudit sieur : Car cette deuise designoit ce qu'il auoit esperé
pouuoir arriuer, & non pas ce qui arriua depuis au des-auanta-
ge de ses esperances. De sorte que ce que tu obiectes audit sieur,
est absurde & ridicule ; disant que ce foudre ne pouuoit designer la guerre que Marc-Antoine alloit faire contre les Parthes, parce que (ce dis tu tres imprudemment) la guerre Par-
thique auoit desia esté acheuée entièrement par *Ventidius* ; Qui
est vne obiection si fausse, & si contraire à la verité de l'Histoire,
qu'il est bien-aysé de voir que tu n'en as iamais eu connoissance que par oüy dire par quelqu'vn de tes Protocoles aussi ignorant que toy. Car il est tres-certain que Marc-Antoine fut en
personne faire la guerre aux Parthes apres la victoire de *Venti-*
dius contre *Pacorus ;* En partie comme estant ialoux de la
gloire acquise par ce sien Lieutenant qu'il auoit enuoyé triom-
pher à Rome. Cette tres puissante & tres-belliqueuse Nation
s'estant trouuée à l'espreuue plus indomptable depuis la mort
de *Pacorus*, qu'elle n'auoit esté auparauant, comme tous les
Historiens tant Grecs que Latins le remarquent curieusement,
particulierement Dion Cassius, Plutarque, & Appian Alexandrin.

Contre la Censure cinquième, concernant le reuers de la Medaille d'Auguste, qui a pour inscription COPIA.

CE que tu rapporte, *Bouino*, des bleds qu'Auguste & les autres Empereurs faisoient venir tres-frequemment de l'E-
gypte, est vne remarque si commune & si connuë par les plus
petits Grimaux des Escoliers, que ç'a esté vne grande ineptie,
& vne grande marque de ton imprudence d'en rapporter vne
rapsodie de tant de passages inutiles, lesquels l'on reconnoist
manifestement auoir esté frippez par ton Procole dans les es-
crits d'autruy. Et ce que i'y trouue encore de plus inepte, est
que tu as voulu te mesler de corriger celuy du Panegyrique de

Pline ; mais en forte que tu te faits voir le plus groſſier des Ono-
ſandres : Car là où cét elegant Panegyriſte dit, parlant des Egyptiens. *Superbiebat ventoſa & inſolens natio, quod victorem quidem*
populum, paſceret tamen, quodque in ſuo flumine, in ſuis manibus, vel
abundantia noſtra, vel fames eſſet. Tu es ſi temeraire que d'y ſubſtituer à *manibus, nauibus.* Et cela ſeulement pour taſcher de faire
valoir ta reſuerie, que ce vaiſſeau qui ſe void au reuers de cette
Medaille des habitans de C O P I A, fuſt venu d'Egypte, faute
d'entendre que c'eſtoit que les Egyptiens ſe vantoient de tenir
dans leurs mains la vie & la mort du peuple Romain, dompteur
de l'Vniuers, comme ayant le pouuoir de les affamer ou de leur
fournir des bleds en abondance, quand il leur plairoit : car c'eſt
ce qu'il appelle *quod in flumine, in ſuis manibus, vel abundantia*
noſtra, vel fames eſſet. C'eſt à dire, *arbitrio ſuo & in poteſtate eſ-*
ſet. Comme ie voy auſſi que *Cataneus* & *Gruterus* l'interpre-
tent.

Apres cela, ie te trouue Icy tout ce qui ſe peut, Flippanthrope,
en ce que tu veux que ce mot C O P I A deſigne en cette Medaille l'Abondance des bleds amenez d'Egypte dans ce Nauire.
Ta vanité naturelle qui t'a fait deſirer de pouuoir repredre ledit
ſieur Triſtan, t'ayant tellement peruerty le ſens, que de n'auoir
pas apperceu que jamais vn tel mot ne ſe pourroit rencontrer
en aucune Medaille pour deſigner cela, ſans adiectif. Et que ſi
ce mot euſt deu ſignifier en ce reuers l'Abondance, il euſt eu
ſans doute l'adiectif de A V G V S T I. Et meſme qu'au lieu de
COPIA il y euſt eu ABVNDANTIA AVGVSTI. VBER-
TAS AVG. ou bien ANNONA AVG. Car cette Medaille
ne repreſente nullement l'Egypte aſſuiettie, comme ta groſſiere imaginaſion te le perſuade, le palmier n'eſtant en aucune
façon le ſymbole de cette Prouince ; ce que tu en as dit eſtant
auſſi faux, qu'il eſt vray qu'il n'y a point de difference entre la
teſte d'vn Aſne & la tienne, en ignorance & ſtupidité : auſſi ne
prouues tu rien, parce que ce qui eſt faux ne ſe peut prouuer.
Le palmier qui ſe void entre les 2. effigies d'Auguſte & de Iules
Cæſar, ne marquant autre choſe ſinon qu'Auguſte eſtoit iuſques alors deuenu victorieux par tout, comme Iules Cæſar l'a-
uoit touſiours eſté de ſon viuant ; & ce vaiſſeau de guerre, en
auoir

auoir efté affifté par les habitants de *Copia* en la guerre contre *Sextus Pompeius*, comme ç'a efté auffi le fentiment de *Ludouicus Nonnius* fur *Goltzius*. Et ce qui en fortifie la coniecture, eft, que C O P I A, autrement appellée *Thurium* de fon ancien nom, eftoit ville maritime affife au long du fein maritime de Tarente, laquelle auoit auffi ennoyé ou dedié cette Obelifque ou Pyramide en l'honneur d'Augufte, quelque chofe que ton imagination toute Bouine & Centaurique te faffe dire au contraire. Laquelle a efté reprefentée debout dãs ce vaiffeau, afin que l'on peuft connoiftre qu'il en eftoit chargé : Car fi elle y euft efté reprefentée couchée, à peine euft-elle peu eftre remarquable dans cette affiete en vn reuers de Medaille ; Ce que toutefois ie propofe, fans me departir de l'apparence que ce ne puiffe eftre la reprefentation de cette eminence, *fiue cacumen afperum in metæ formam faftigiatum* ὀρθόπαγος *dictum*, felon Plutarque ; & tout enfemble θύειον *Thurium*, du mot θώρ Phenicien, comme ledit fieur l'a rapporté plus particulierement fur cette Medaille, qui eft la huitiéme dans fes Commentaires. Au refte, c'eft vn trait de ton ignorance Afinine, de pretendre qu'il ne fe trouuaft point de Pyramide ailleurs qu'en Egypte, & que l'Egypte foit defignée par cette Pyramide : car il n'en venoit point d'Egypte plutoft que de la Numidie, de la Phenicie, d'Arabie, de *Paros*, de *Synnada*, d'autres endroits de la Phrygie, de Lacedemone, & autres Regions, où il y auoit abondance de carrieres de marbre.

Quant à cét Aftre ; Il ne faut point douter que ce ne foit le *Iulium Sidus*, lequel eftant eftimé auoir fauorifé Augufte en toutes fes entreprifes, & luy auoir feruy de guide par tout, eft auffi reprefenté en ce vaiffeau des Thuriens Copiens, comme fon Genie Tutelaire, en faueur de ce Prince intereffé à fa conferuation ; Les Nauires ayants toufiours efté confacrez à quelques Deïtez, qui eftoient leurs guides & conferuateurs. Ainfi Palæmon fils de *Leucothea* en porte l'epithete dans Euripide *in Iphigenia in Tauris*, v. 269.

Ὦ ποντίας παῖ Λευκοθέας νεῶν φύλαξ.

Δέσποτα Παλαῖμον, ἵλεως ἡμῖν ἔσω.

G

O fils de la Marine Leucothée, Gardien des Nauires, Seigneur Palæmon, fois nous propice & fauorable. Ce Poëte en fuite inuoquant encore pour le mefme fuiet Caftor & Pollux. Ainfi Lucian en fon Dialogue intitulé πλοιον, remarque qu'vn des Aftres de ces deux freres arrefté au haut du mats d'vn Nauire, le preferua de naufrage certain. *Valerius Flaccus* l. 2. de fes Argonautiques.

   Mox fomno ceffere, regunt fua fidera puppem.

Voyez auffi *Ariftides* en fon Oraifon ΕΙΣ ΔΙΑ. C'eft ce qui faifoit que les Nauires portoient ordinairement les noms de quelques Dieux ou Deeffes, & qu'eftant tenuës pour chofes facrées, ie remarque dans *Achilles Tatius* l. 5. qu'ils tenoient pour facrilege de les foüiller & prophaner par l'vfage de Venus. Et que c'eftoit vne ancienne loy de la Mer de s'en abftenir pendant le cours des voyages maritimes. Et cependant tu es fi groffier que tu qualifie fantaifie fantaftique d'eftimer que cét Aftre foit celuy de Cæfar. Ne confiderant pas qu'il eft reprefenté de l'autre part en qualité de Deïfié, & que fon Aftre que l'on void toujours au deffus de fon Effigie en toutes les Medailles faites en fon honneur depuis fon deceds, eft expreffément tranfporté fur cette proüe de Nauire pour cette confideration. Ainfi ton ignorance n'eft pas fantaftique, mais veritable. Les Scarabées comme toy ignorans l'excellence de ces onguents precieux, & les fuyants, parce qu'ils les font creuer quand ils s'en approchent.

Mais ce n'eft pas là tout en quoy ton ignorance fe manifefte: Car tu adioufte fottement que tu es affeuré qu'au temps d'Augufte cette Colonie ne s'appelloit pas COPIA, mais THVRIVM, Θύριον. Comme (ce dis-tu auec autant d'effronterie que de fauffeté) toutes les Medailles & les Hiftoriens le font voir. Suetone remarquant, que Marc-Antoine reprochoit à Augufte que fon bifayeul *Reftio* eftoit natif du Bourgade Thurinié. Veu qu'il n'y a Autheur quel qu'il foit, qui ait fi impudemment menty, que d'auoir remarqué cela ; ny aucune Medaille qui en ait authorifé le menfonge. Ce fera donc Strabon qui te dementira le premier : Car en fon vi. liure, il remarque que les Lucaniens ayants affuietty les Thuriens (qui en fuite fe trouuerent affligez diuerfement par les Tarentins) ce peuple ainfi opprimé de toutes parts, se resolut de se mettre en la protection des Romains Lesquels voyants leur ville presque deserte & dépeuplée par les calamitez passées, y enuoyerent & establirent vne Colonie Romaine, luy donnants le nom de COPIA ou COPIÆ. Ταρεντῖνον δ' ἀφελομένων ἐκείνες (ce dit il) ἐπὶ Ρωμαίες κατέφυγον. Οἱ δ πέμψαντες σωοίκες ὀλιγανδρεῶσι μετωνόμασαι Κωπιάς τὴν πόλιν. *Stephanus* remarque aussi que cette Colonie fut appellée Κωπίαι. Mais i'ay apperceu qu'il cite mal à propos *Pausanias*, pour prouuer qu'elle fut aussi nommée αἴθεια: Car ce ne fut pas *Thurium* qui receut ce nom; mais *Thure*, villette de la Region Messeniene, dont *Pausanias* a parlé. Au reste, ce que dessus manifeste clairement que cét establissement de Colonie Romaine se fit plus de cent ans auant l'Empire d'Auguste, & cette tres rare Medaille antique, que ie te fais voir icy representée pour te des-abuser, fortifie parfaitement cette Antiquité & cette verité.

Où d'vn costé *Ianus* couronné de laurier se void representé, auec vn sceptre entre ses deux effigies. De l'autre costé se void vne cornucopie ou corne d'abondance pleine d'espics de bled, de fruicts, raisins, & pauots; laquelle est placée entre vn signe militaire d'vne Legiõ, & vne massuë, auec le mot COPIA au bas. Les circonstances de tout ce que cette Medaille contient estans fort considerables: Car en premier lieu ces 2. testes de *Ianus* couronnées de laurier, marquent qu'elle auoit esté frappée du temps de la Republique victorieuse pour lors par toutes ces contrées de Lucanie, Brutie, & Calabre, qui estoient les regions qui composoient *Magnam Graciam*. En second lieu, cette mas-

ſuë marque que *Thurium* auoit eſté Colonie des Lacedemoniens long-temps auant qu'elle le fuſt deuenuë des Romains;
car les Lacedemoniens eſtoient Heraclides, ainſi qu'il ſe void
auſſi dans Diodore Sicilien l. 12. & dans Strabon, fortifié par
la Medaille de Marc-Aurele, qui a pour inſcription Λ Α Κ ΚΕ-
Δ ΑΙ Μ Ο ΝΙ Ω Ν autour d'vne maſſuë : Et au reuers pareillement d'vne tres-rare & tres-antique Medaille deLycurgue, que
ie feray voir, Dieu aidant, quelque iour au public. Ce ſigne Le-
gionaire eſtant là marque qu'il y auoit garniſon d'infanterieRo-
maine dedans cette ville, outré ce qu'elle eſtoit Colonie Romaine. Et que pour faire voir ce qui iuſques à preſent auoit eſté
ignoré ; elle prenoit pour principale deuiſe vne Cornucopie,
comme ayant apparemment receu ce nom de *Copia* par les Romains au temps de ſa repeuplade & eſtabliſſement de Colonie,
à cauſe de la bonté & fertilité de ſon territoire, & de l'abondance de toutes ſortes de commoditez qu'elle receuoit de la
proximité de la Mer. Conformément au teſmoignage de Diodore Sicilien l. 12. & ce qu'en ont remarqué les Autheurs qui
ont auec luy fait mention du luxe prodigieux des Sybarites habitants *Sybaris*, ſur les ruines de laquelle celle-cy auoit eſté ia-
dis conſtruite. Ie t'apprends donc, icy, ô *Bouero Ouero*, & à tes
Protocoles, pluſieurs choſes au nom dudit ſieur Triſtan abſent.
L'vne, que l'Egypte n'eſt icy deſignée en aucune façon par cette
obeliſque & par ce palmier, qui n'eſtoit le ſymbole que de la
Phenicie & de la Iudée, le Crocodil l'eſtant de cette Prouince,
& que tu as temerairement corrompu le paſſage du Panegyrique de Pline. La ſeconde, que cette Galere eſt guidée par l'A-
ſtre de Cæſar, en faueur d'Auguſte. La troiſiéme, que COPIA
deſigne le nouueau nom donné par les Romains à l'ancienne
ville des Thuriens, en y eſtabliſſant vne Colonie de citoyens
Romains; & que cela fut plus d'vn ſiecle & demy auant l'Empire d'Auguſte. Et la quatriéme, qu'elle auoit eſté Colonie des
Lacedemoniens Heraclides, auant qu'elle euſt eſté ruinée par
les Lucaniens & Tarentins, ſous le nom de *Thurium*. De plus,
qu'elle auoit receu cette denomination de COPIA, de la fertilité de ſon territoire, & des commoditez qu'elle receuoit en
abondance de la Mer & de la Sicile. Toutes leſquelles veritez
eſtants

eſtants ſi contraires à tes extrauagantes imaginations, te doiuent extremement humilier.

Cét aduertiſſement qui ſuit, a eſté trouué par moy dans le cabinet dudit ſieur de St Amant, lequel il auoit deſſein d'employer en ſon 4. Tome, ſur le ſuiet d'vne autre tres-belle Agathe antique qu'il eſpere y donner expliquée, lors que le loiſir
le luy permettra; mais que i'ay iugé eſtre neceſſaire d'inſerer
en cét endroit.

---

*Aduertiſſement au Lecteur, concernant la grande Agathe-
Onyce de la ſainte Chappelle de Paris.*

AMy Lecteur, Ie ſuis obligé de vous rapporter fidelement
comment, par quel moyen, & ſur quel modele ie fis autrefois grauer le contenu de cét incomparable monument de l'Antiquité, depuis expliqué & donné au Public par moy, auant que
ie me mette cy apres à corriger & refuter la VI. Cenſure de *Bouino*; pour donner connoiſſance de ce qui a eſté ignoré auant
moy, concernant ce que i'y ay remarqué depuis trois ans en ça.
L'an 1619. feu Monſieur de Peireſc, Conſeiller au Parlement
d'Aix en Prouence, eſtant à Paris, ayant trouué facilité de pouuoir voir cette excellente pierre auec quelque loyſir, me fit
l'honneur de m'en aduertir, & de me venir prendre chez moy,
pour m'en faire part: Où ie receus vne grande ſatisfaction, &
tout enſemble vn grand deſir d'en voir l'Enigme expliqué &
donné au Public, y ayant remarqué auec ledit ſieur deſlors les
veritables viſages & effigies (quoy que ie ne fuſſe que dans les
premieres années de ma curioſité) des perſonnages principaux
qui en rempliſſent le champ. Or comme i'auois touſiours eſtimé depuis, que ledit ſieur de Peireſc verſé plus qu'aucun autre
perſonnage de ce temps là dans la connoiſſance de l'Antiquité,
en obligeroit le Public, veu le merite de la choſe, ie negligeay
de chercher les moyens plus faciles, pour lors qu'ils ne ſont
depuis l'incendie ſuruenu proche du Threſor d'en bas, de l'aller conſiderer plus exactement. De ſorte que lors que 14. ans
depuis cette viſite, ie fus perſuadé de publier le 1. Tome de mes

H

Cōmentaires Hiſtoriques, i'eus vn tres grãd regret de n'en pouuoir ioüir pour taſcher de la faire deſigner. Ayant eſté contraint
d'auoir recours à vne Taille-douce tirée ſur vne planche, que le
feu ſieur Rubens en auoit fait grauer, par la cōmodité que ledit
feu ſieur de Peireſc luy procura de la faire deſſeigner. Cette
Taille douce m'ayant eſté courtoiſement preſtée par Meſſieurs
du Puy freres, pour poüuoir faire grauer vne nouuelle planche
pour mon deſſein, qui eſt celle qui m'a ſeruy pour en obliger le Public. Mais depuis trois ans en ça, Monſieur le Baron de
Riantz neueu dudit ſieur de Pereiſc, ayant fait venir de Prouence à Paris le Cabinet de ſingularitez dudit defunct, me fit
preſent des jets en plaſtre qu'il auoit quelques années auant
ſon deceds eu la facilité de faire tirer & prendre ſur l'original
de ladite Agathe, leſquels me firent à l'inſtant apperceuoir que
le Graueur dudit ſieur Rubens s'eſtoit ſi groſſierement trompé
en la figure que nous voyons eſtre portée ſur le Pegaſe, qu'il
y auoit repreſenté par vne negligence inexcuſable l'effigie
d'Auguſte en l'aage de plus de ſoixante ans, au lieu de celle de
Germanicus, qui manifeſtement ſe reconnoiſt au plaſtre en l'aage de trente ans ou enuiron. Ce qui ſe remarque auſſi apperte-
ment par le Tableau que ledit ſieur de Peireſc en fit faire ſur le
ſoulfre & les plaſtres ſuſdits, auquel *Germanicus* eſt parfaitement
bien repreſenté, & tres-reſſemblant en ſa figure armée qui ſe
void deuant Tibere. Dont ſoudain ie donnay aduis à tous mes
amis verſez és choſes antiques, & en l'art de deſſeigner. Ce qui
confirme parfaitement que cette ineſtimable Agathe fut em-
ployée par Caligule pour releuer la gloire des belles & heroï-
ques actions de ſon pere ; & puis de ſon eleuatiō dans les Cieux
apres ſon treſpas ſur le Pegaſe, à cauſe du don de la Poëſie en
laquelle il excelloit ; ainſi que ie l'ay remarqué en ſon Commentaire. Eſtant conduit en ces lieux de Beatitude par ſon fils,
decedé long-temps auant luy, & preſenté au Iupiter Auſonien
Auguſte ; cet enfant nud eſtant repreſenté ailé comme vn Cu-
pidon, ſous la reſſemblance duquel Auguſte l'auoit fait faire en
marbre apres ſon deceds, & le baiſoit amoureuſement toutes
& quantefois qu'il entroit dans ſa chambre, comme l'ayant aymé vniquement de ſon viuant à cauſe de ſa gentilleſſe, ainſi

que Suetone le remarque en la vie de Caligule chap. 7. Ce qu'estant, ie ne puis croire à present que ledit sieur de Peiresc eust eu depuis qu'il eust fait reprefenter en tableau le contenu en cette Agathe, autre pensée que celle là, n'estant pas croyable qu'il eust pris cette reprefentation de *Germanicus* pour celle de *Marcellus*, comme il est remarqué dans sa vie, par mefgarde. Veu que *Marcellus* estoit decedé 33. ans auant Augufte, ainsi que ie l'ay fait voir dans mes Commentaires.

Contre la *VI.* Cenfure, concernant quelques perfonnages compris en ladite *Agathe.*

TV propofé, *Bouino*, en premier lieu, ce perfonnage qui estend la main droite, & la porte deuers les figures fuperieures, ayant derriere luy vn trophée ou defpouille, lequel tu dits le fouleuer, fans nous dire autre chofe qui puiffe inftruire ledit fieur Triftan de quelque connoiffance nouuelle ; Car tu luy deuois apprendre pourquoy ce perfonnage en eft chargé, fi il l'eft, pour quel vfage, fymbole, ou fuiet il eft reprefenté dans cette Agathe, le fouleuant comme tu le dis, & pourquoy, fi c'est vn trophée, il n'eft compofé que d'vne cuiraffe, fans cafque, bouclier, & autres armes. De plus, d'où vient qu'il n'eft pas reprefenté au bas de ce monument entre les Prouinces vaincuës, & comment tu t'imagine que ce perfonnage l'aye peu porter, & le faire fuiure cét Heros, & fi c'estoit la croyance de ces temps-là, que l'on portaft dans les Cieux les trophées erigez en terre par les Heros, après leur trépas, & qui eftoient ceux qui auoient ces commiffions, & par quel attrait diuin ce myftere fe faifoit & executoit. Enfin il falloit que tu donnaffe audit fieur vne preuue authentique de tout cela par bons paffages & bonnes authoritez. Mais, certes, vn efprit de la trempe du tien, aigu comme vne boule, n'eft capable que de rouler fans ceffe autour de ces queftions, comme le *Dauus* de Terence autour de la meule de fon maiftre, fans en pouuoir partir & s'en affranchir. Ton imagination toutefois n'eftant pas trop Bouine, d'auoir confideré que ſi tu euſſe eſté en ce temps-là, & que cette cuiraſſe te fuſt tombée ſur la teſte, elle euſt peu te la caſſer, encore qu'elle ſoit des plus dures, & qu'elle t'euſt guery de ta podagre. Venons à ce qui ſuit en ta Cenſure d'Onocephale, qui regarde Iupiter & Auguſte. Tu dois donc, ô *Bouino*, te ſouuenir, qu'il eſt dit dans la vie dudit feu ſieur de Peireſc, que ledit ſieur eſtimoit que ce perſonnage dont nous venons de parler, eſtoit *Druſus*, qui demandoit à Iupiter la main eſleuée deuers-luy, qu'il luy fiſt cette grace, qu'il ſuccedaſt à l'Empire Romain apres le deceds de Tibere ſon pere : Et que cela te fait voir que ledit ſieur eſtimoit que c'eſtoit Iupiter que l'on voyoit repreſenté en ſon eſleuation diuine dans les Cieux en cette Agathe. Et par conſequent, puis que tu declare dans ta Cenſure, que tu es de l'aduis dudit ſieur en ſes conieĉtures : comment diſpute-tu à l'encontre ? diſant que c'eſt Auguſte ; entaſſant impertinemment paſſages ſur paſſages, en faueur de la barbe de Iupiter ? Certes, tu t'embarraſſe honteuſement icy ; car ſi Iupiter eſtoit barbu dans ſa gloire celeſte ſelon ton imagination Bouine, certes il a falu par conſequent que tu aye creu qu'il y euſt auſſi dãs les Cieux des Barbiers pour luy faire le poil, & aux autres Dieux barbus. En verité tu te rends ridicule : car tu n'as pas ſeulement aſſez de ſens commun pour pouuoir conieĉturer que l'on n'attribuoit de la barbe à ce Monarque celeſte, que lors qu'on le repreſentoit hors de ſa gloire expoſé à la veuë du vulgaire par ſtatuës & figures qui le deſignaſſent populairement en poſture de Pere commun de tous les hommes, ou ſelon *Prudentius* plaiſamment, l'Art ſtatuaire

Barbam rigentem dum Iouis circumplicat.

leur imprima cette ſotte conſequence, qu'il eſtoit auſſi barbu dans les Cieux. Mais toutefois, diras-tu, ſe doit eſtre Auguſte : car ç'a eſté auſſi l'opinion dudit ſieur de Peireſc ; cette couronne radieuſe qu'il porte, & quelques traits de ſa reſſemblance, fauoriſants cette penſée. C'eſt auſſi ce qu'apreſent l'on doit croire, puiſque c'eſt *Germanicus* qui luy eſt preſenté monté ſur le Pegaſe, en ſorte toutefois que ce ſera auſſi Iupiter ſelon la vanité Romaine, qui ſe l'imaginoit ainſi ; Et puis qu'il a les attributs de Iupiter, qui eſt le ſceptre, qui ne ſeroit iamais attribué

dans

dans les Cieux à Augufte autrement : comme auffi cét amict
qui le voile à demy, qui eftoit partie du *Ricinum* ; c'eft à dire,
d'vn manteau à l'antique, que l'on reiettoit fur la tefte par derriere, & qui fait qu'Arnobe l. 6. l'appelle *Riciniatum Iouem* :
Sur quoy voyez ce que *Heraldus* en a remarqué. Car pour la
couronne radieufe, il n'y auoit que les rayons qui peuffent auoir
rencontre auec Iupiter, parce qu'Apollon & le Soleil eftoient
confus en luy, felon Ciceron, l. 3. *de Nat. Deorum. Ariftides*
en fon Oraifon, Macrobe, & autres. Augufte ayant mefme toujours affecté de fon viuant le titre d'Apollon fous plufieurs epithetes & attributs differents, comme chacun fçait, ne voulant
abufer de la patience du Lecteur, comme tu fais par les re-
marques & citations les plus vulgaires du monde, & d'ailleurs
nullement neceffaires, mais qui toutefois t'ont bien efté che-
rement venduës par tes Protocoles.

Apres cela, *Bubulat horrendum ferali carmine Bubo.*
(Car pour te faire honneur, ie te compare à l'oyfeau de Minerue,) mais toutefois en cela feulement tu luy reffemble, que tes
cris & efcrits funeftes font importuns, & fuis d'vn chacun. Ce
que tu adioufte de ces doctes perfonnages, fur le fuiet defquels
tu taxe impudemment & fauffement ledit fieur Triftan, en eft
vne preuue. Car tu faits effort de perfuader à ceux qui non plus
que toy n'entendent pas la langue Françoife, qu'il a defchiré
leur reputation en l'Aduertiffement qu'il a adioufté à fon explication de ce Monument exquis de l'Antiquité. La verité eftant,
qu'en ce qu'il a efté obligé de dire fon aduis contre leurs fenti-
ments, & particulierement en ce qui concernoit le rapport du
dernier, ç'a efté auec tant de prudence, circonfpection, & mo-
deration, & encore auec tant d'éloge, que tant s'en faut qu'il
s'en foit tenu auoir efté def-obligé de fa part, qu'au contraire,
cela les a depuis liez d'vne amitié tres-eftroitte & tres-cordiale
durant fa refidence à Paris. Ce qui fait voir que tu es le plus malin de tous les ignorants.

Et ce qui en eft vne preuue manifefte, & que ce n'a pas efté
par honneur que tu porte à ce docte perfonnage, ny à la memoire du deffunct, mais feulement pour t'en feruir de fuiet de ca-
lomnier ledit fieur Triftan; c'eft que tu contredits effrontément

I

en suite lesdits sieurs sur le suiet de la petite statuë & representation de *Caligula*, & cela auec si peu de respect enuers eux, & sur
tout auec tant d'ignorance, & si peu de iugement, que cela est
honteux pour l'Italie, qu'elle t'ait permis de te mesler d'escrire
sur ces choses auec tant d'impertinence. Ayant eu l'audace de
dire, que c'est sans aucune vray-semblance qu'ils ayent pris ce
ieune garçon pour Caligule ; dautant, ce dis-tu, que l'on n'y
void pas autour de ses pieds, les liens, ou courroyes, chaussure
militaire qui luy auoit donné le surnom de *Caligula*, selon Suetone & Athenée, à ce que tu dis. Estant faux qu'Athenée, lequel tu n'as iamais leu, parlant de luy en son v. liure, parle de
cette chaussure militaire. Et pour le regard de Suetone, voicy
comment il donne la raison de ce surnom chap. ix. *Caligulæ co-
gnomen castrensi ioco traxit, quia manipulario habitu inter milites
educabatur*. Mais il n'explique pas assez cela, non plus que Tacite l. 1. Mais *Dion Cassius* le designe mieux l. 57. ὅτι ἐν τῷ
ϛρατοπέδῳ, τὸ πλεῖϛον τραφείς, τοῖς ϛρατιωτικοῖς ὑποδήμα-
σιν αὐτὶ τῶν ἀϛικῶν ἐχρῆτο. C'est à dire, qu'il receut ce surnom, pour raison de ce qu'ayant esté esleué en son enfance
dans l'armée Romaine, il se chaussoit de souliers & de courroyes pour les lier, à la soldatesque, au lieu d'en porter à la mode, & selon l'vsage des habitants des villes. *Aurelius Victor* le
remarque aussi ; mais en voila assez. Il faut seulement pour mon
suiet, qui est de refuter la consequence que tu tire imprudemment de ce que tu n'apperçois pas que ce petit Prince ait cette
sorte de chaussure representée dans cette Agathe, que i'adiouste que ces souliers estoient clouëz par dessous, les soldats met-
tants par mesnage des cloux à leurs semelles ; dont ne se trouua
pas bien Iulian, Centenier Romain de grande valeur : Car
combattant contre les Iuifs dans Hierusalem, en vn lieu paué
de carreaux & glissant, ces cloux le firent tomber, & en suite mas-
sacrer, apres s'estre long-temps deffendu auec grand courage
contre les ennemis ; Ainsi que Iosephe le remarque l. 7. ch. 3. &
Hegesippe l. 5. *De Excidio Hierosolymitano. Velut hic Iulianus, in-
quit, qui tergo imminebat hostium, dum alios perimit, & claustro coer-
cet, ipse alacritate incautior, confixum clauis calceamentum gerens, vsu*

35

militarium virorum, non confideranit polito lapide folum fratum, quod cauendum foret, fed quafi in campo praeliaretur fecurus, labitur, & ingentem frage fua fonitum dedit, &c. Ce qu'eftant, il euft efté tres-mal feant de faire voir que le fils de *Germanicus Caefar*, & general de l'armée Imperiale, euft en vn monument de fi augufte reprefentation vne chauffure fi vile & fi groffiere. Car c'eftoit vne marque de grande pauureté quand les particuliers, mefme autres que les foldats, en portoient de cette qualité. Pline remarquant en fon temps, *plurimos inuentam inopem in caligæ militari toleraffe.* Et d'ailleurs, il euft efté ridicule de perpetuer le monument d'vn furnom qui luy auoit efté donné par raillerie, pour fobriquet. Ioint que ie tiens pour tout certain que ce fut Caligule mefme qui fit tailler cette fuperbe Agathe, apres le deceds de fon pere, & depuis qu'il fut paruenu à l'Empire.

Tu reprends en fuite auec pareille imprudence ledit fieur Triftan de St Amant, de ce qu'il a iugé que cette grande figure eftenduë, portant vn Globe fur fes mains, reprefentaft Ænée, Autheur de la grandeur Romaine, & plus illuftre anceftre de la famille Iuliane, à laquelle *Germanicus* appartenoit: Car tu dis auec grande impertinence, que cela ne peut pas eftre; dautant, ce dis tu imprudemment, qu'il ne porte pas de bonnet Phrygien fur fa tefte. Qui eft, certes, vne raifon tres-inconfiderée, & qui te fait connoiftre eftre tres-ignorant és chofes qui concernent l'Antiquité: Car tu ne confidere pas, que iamais cét Heros ne fe trouue reprefenté auec le bonnet Phrygien; comme il fe void particulierement és Medailles tant Grecques que Latines: comme celle que ceux d'*Ilium* mefme frapperent en l'honneur de Iules Cæfar, auec l'Infcription de ΙΑΙΩΝ ΔΙΣ ΝΕΟΚΩΡΩΝ, que tu as toy-mefme fait reprefenter en tefte de ta premiere Cenfure, où cét Heros porte fon pere Anchife, tefte nuë: & encore és Medailles Confulaires de la famille *Iulia*, comme auffi és Medailles d'Antonin, qui ont pour infcription PIETAS AVGVSTI, & en d'autres monuments de l'Antiquité, où ce perfonnage ne porte ny fur fa tefte ny en fa main aucun bonnet, de quelque forme qu'il puiffe eftre. Que te femble donc de cela, ô Centaure de Terni? Certes, il feroit plus ayfé de guerir tes pieds de la podagre qui leur donne la gehen-

ne , que ton ceruerau de la folie, & ton cœur de l'enuie, qui te
font publier tant d'extrauagances & d'inepties.

Apres cela , fi tu as bien leu & entendu ce que ledit fieur a
dit de *Liuia* & de *Germanicus*,elle,qui met la main fur fon heaume comme pour le luy ofter par faueur & carefse ; & luy qui y
porte pareillement la fienne pour l'arrefter & retenir ; veüilles
ou non,il faut que tu confefse que ledit fieur Triftan a fort bien
iugé de leurs geftes, & du furplus. Car *Germanicus* porte fa main
fur fon cafque, pour marque qu'il n'eftoit pas las de la guerre,
eftât au contraire tout preft d'aller en Armenie, où il fçauoit que
Tibere le deftinoit, qui en fon cœur ne pouuoit le fouffrir à Rome, où il eftoit plus aymé que luy. Eftant ce ieune Prince tres-
ayfe de s'en pouuoir efloigner par vne fi glorieufe commiffion,
pour éuiter quelque mauuais effet de la ialoufie de ce foupçon-
neux & deffiant vieillard. Tu te trompes donc lourdement d'a-
uoir vne autre penfée ; car tous ces captifs & captiues, & ces
defpoüilles des Barbares donnent affez à connoiftre que cette
action eft vne reprefentation de ce qui concerne ce que ie viens
de dire, & pofterieure à fes victoires Germaniques. Et c'eft,
outre ce que deffus, vne grande imprudence à toy de douter
que cette Imperatrice qui eft affife à la droite de Tibere, & qui
carefse *Germanicus* ne foit *Liuia*, parce qu'elle eft couronnée
de Laurier ; & que cette Princefse qui eft affife auffi à la fene-
ftre, foit *Antonia*, mais Agrippine, fans confiderer que toy mefme en confirme l'ornement en auoir efté accordé à Sabine, femme d'Hadrian. Et qu'il fe void encore auoir efté deferé à *Vale-
ria Galeria*, femme de *Galerius Maximianus*, comme fa Medaille que i'ay rapportée & expliquée en mon 3. Tome p. 435. le iuftifie. *Liuia* & *Antonia* prenants grande part à la gloire de *Germanicus*: l'vne comme fon ayeule, & mere de Tibere, fous les
heureux aufpices duquel il auoit vaincu les Barbares: Et *Antonia* comme eftant fa mere. Au furplus, ce font les veritables ref-
femblances de ces Princefses, comme le iet en plaftre le manifefte encore plus vifiblement: n'y ayant non plus de difficulté
que ce ne foit Agrippine qui fe void auoir deuant elle le petit
Caligule, fa refsemblance parfaite, & hors de controuerfe, &
fes cordonnement & annelure de cheueux, auec ce memoire
qu'elle

qu'elle tient, le iuſtifiants parfaitement. Apres ces marques de ton aueuglement tu en faits encore paroiſtre vn autre auſſi apparent: Car tu croys que ledit ſieur de S. Amant ait dit que *Germanicus* tienne en ſa main gauche les memoires & articles de la paix accordée aux Barbares, cela eſtant tres faux. Car il a le bras gauche chargé de ſon bouclier, dont il tient les anſes & courroyes en ſa main: Cela ne pouuant eſtre reuoqué en doute; mais c'eſt que tu as conſideré toute cette deſcription dudit ſieur d'vn œil ſi louche & ſi gauche, que tu n'as pas voulu re-connoiſtre que ces memoires ſont repreſentez dans ſa main droite, laquelle il porte en les ſerrant, & ſans les laſcher, au deſſus de ſon caſque, pour le r'affermir ſur ſa teſte contre le deſ-ſein plus courtois de *Liuia*. Car manifeſtement c'eſt ce que l'on void dans cette main, & non pas l'ornement, creſte, ou *conus* de heaume: car il n'en à point de repreſenté ſur le ſien, nõ plus qu'il ne s'en void aucun ſur ceux de l'autre perſõnage qui eſt derriere *Antonia*, ny en celuy des deſpoüilles qui ſe voyent ſous les pieds du petit Caligule; Ce qui fait voir combien ta paſſion de pou-uoir reprendre ledit ſieur, & ton ignorance prodigieuſe à ſça-uoir diſtinguer comme il faut les choſes Antiques, & d'en faire les diſcernements comme il faut, t'aueuglent honteuſement.

Apres cela, tu mets en jeu vn chetif petit fragment d'vn ca-mayeu dont i'ay veu, & ledit ſieur Triſtan auſſi, vn modele, de la grandeur du tiers de la paulme de la main, mais fort muti-lé; & ce qui y reſte d'entier, eſt ou effacé, ou reſté inutile. C'a eſté vne figure nuë aſſiſe, dont il ne reſte d'entier que la partie du corps, depuis le nombril iuſques aux genoux, qui eſt cou-uerte d'vne eſtoffe qui paroiſt ondée, que tu dis eſtre l'Egide de Pallas, ce qui eſt abſurde, la comparant à ce que tu crois l'e-ſtre ſur les genoux de Tibere auec auſſi peu de iugement, n'y ayant autour de cette-cy aucuns ſerpenteaux, comme il s'en void és Egides: mettant ce ridicule morceau de ca-mayeu en paralelle auec cette incõparable Agathe Onyce de la ſainte Chappelle, taſchant de t'en ſeruir pour authoriſer tes extrauagances. Mais rien ne peut mettre ton ignorance à cou-uert, puiſque tes liures te font reconnoiſtre pour le plus mau-uais deſſeigneur de l'Italie: Car les Medailles y ſont ſi groſſie-

K

remént deffeignées, & encore plus mal expliquées , qu'il n'y a
moyen aucun de te pouuoir guarantir d'vn blafme eternel.
Eftant d'ailleurs vne chofe prodigieufe en ton efprit bouuier,
d'auoir donné tant de Medailles fauffes, dont ton Cabinet eft
remply, & de vouloir neantmoins paffer pour le plus intelligent Cenfeur des difcernements des chofes fauffes d'auec les
antiques ; prifant tes happelourdes defguifées à tous ceux qui
te vont voir, plus que toutes les plus rares fingularitez qui foient
à Rome. Cette effronterie eftant d'autant plus puniffable ,
qu'eftant tellement ignorant en tout, tu prenne toutefois la
hardieffe de médire continuellement des plus intelligents ; ayãt
mefme leu dans plufieurs lettres efcrites de Rome depuis deux
ans, que tu faifois tes efforts de perfuader à vn chacun que cette ineftimable Agathe n'eftoit pas de telle antiquité que tous
les plus intelligents l'auoient eftimé en France ; & que ce n'e-
ftoit pas vn ouurage du temps de Tibere ny de Caligule, mais
non pas mefme de celuy de Trajan ; & que ce feroit la fauorifer
de la dire l'eftre du temps de *Seuerus*: Mais que pour ton regard,
tu la declarois ne pouuoir eftre que du temps de Galien, ou bien
de Conftantin. Ce peut-il excogiter vne plus haute extrauagance que celle-là ? Certes, fi tu eftois hors de l'Italie , on te
dõneroit icy vne marotte à la main: Car qui pourroit y fouffrir
qu'vn lourdaut comme toy, que ie feray voir cy-apres auoir
pris en vn reuers de Caracalle vn Crocodil pour vne proüe de
Nauire, foit fi arrogamment prefomptueux en fon ignorance,
que d'ofer cenfurer de la forte le plus illuftre monument de
l'Antiquité, & le plus certain qui foit en l'Europe ? Mais
paffons outre , car il te faut humilier iufques au bout ex-
treme cy-apres.

Contre la *VII*. Cen*fure*, concernant la *Medaille d'or* de *Tibere*, qui repre*fente vne Victoire fur vn Globe aftré*.

VOicy vne nouuelle preuue de ton égarement d'efprit, & de ta vanité, ô *Bouino*, & tout enfemble du peu d'vfage que tu as à remarquer auec iugement les chofes les plus confiderables contenuës és reuers des Medailles. Eftant vne chofe qui te doit bien confoudre d'ailleurs, d'auoir acheté à Rome tant de citations inutiles & mal appliquées ; & qui ne feruent qu'à te faire reconnoiftre tres ignorant : Tefmoin cette leçon que ie te vais faire. Sçache donc que ce Globe eelefte reprefente auffi le terreftre ; c'eft à dire l'Vniuers entier, & que iamais ces Globes eftoilez ne defignent en nos Medailles le terreftre tout feul, & encore moins la Monarchie Romaine, qui ne faifoit pas la fixiéme partie du Monde fub-lunaire. Ce que ie te vais iuftifier par les Medailles. Ne remarque tu pas que les Globes que tu vois fi fouuent marquez és Medailles de Cæfar, n'y font iamais reprefentez aftrez, parce qu'ils n'y reprefentent que le feul Empire de la Terre habitable ? dont particulierement font foy les Medailles de la famille *Mufsidia*, communes auec celle de *Iulia* ; & pareillement celles des familles *Coffutia* & *Æmilia*, auec l'effigie de Cæfar d'vne part. Comme auffi celles d'Augufte, qui font voir vne Victoire arreftée fur vn Globe, tenant vne couronne d'vne main, & de l'autre vn eftendard, auec l'Infcription de IMP. CÆSAR. Celle qui a pour Infcription PAX ORBIS TERRARVM SPQR. auec vn Globe entre deux rameaux d'oliuier. Celles où le Capricorne tient vn globe entre fes pattes, & ainfi des autres, tant d'Augufte, que de Tibere, Vefpafien, & autres ; particulierement celles de Tibere, qui ont au reuers vn timon arrefté fur vn Monde, pris pour le Globe de la Monarchie Romaine ; comme auffi des Globes que les Empereurs font reprefentez tenir dans leurs mains droites : Mais lors que l'on a voulu donner

és deuifes des Empereurs des penfées plus diuines & plus rele-
uées, ils y ont effigié le Globe ou Sphere celefte, qui comprend
en foy & en puiffance le Ciel & la Terre habitable. Ainfi en
cette Medaille d'or de Tibere, qui eft vn Quinaire, dont il fe
void plufieurs femblables és Cabinets de Paris, quand tu vois
la Deeffe Victoire affife en fon feiour de gloire fur le Globe
celefte, l'on a entendu feindre par imagination, qu'elle n'auoit
autre occupation dans fon repos Celefte, que de preparer &
compofer des couronnes pour Tibere, lequel elle vouloit rendre par tout perpetuellement victorieux durant le cours de fon
Empire, comme il l'auoit toufiours efté auparauant qu'il fuft
paruenu à l'Empire, fous les heureux aufpices d'Augufte. Sur
le fuiet de laquelle felicité voy le tres-bel Epigramme de Cri-
nagoras, que i'ay rapporté p. 158. lequel illuftre fort cette deuife. Ou comme dit ingenieufement *Hemelarius. Quod Spheræ
cœlefti infidet, intelligi debet, aut Victoriam cœleftem, aut cœlo terra-
que diffufam: quod fedet, non fugacem, fed ftabilem & duraturam
decimo feptimo anno imperii partâ.* Ie mets en ce texte par licence
XVII. *anno,* parce que le mefme *Hemelarius* rapporte vne autre
Medaille d'or de Tibere, qui a pour Infcr. TR. POT. XVII.
IMP. VII. auec le type de l'Empereur triomphant apres fa
victoire Rhetique, Vindelique, & Pannoniene, fous les fufdits
aufpices d'Augufte cette année là: Voyez Suetone ch. ix.

Ainfi en eft-il en vn autre fens, pour ce qui concerne l'Italie
reprefentée en la Medaille d'Antonin, en qualité d'vne Mere
des Dieux, ainfi qu'ils effigioient auffi le Genie diuin de la ville
de Rome, affife glorieufement fur la Sphere celefte, le fceptre
en la main droite, pour faire voir le pouuoir d'eftablir, mefme
dans les Cieux, de nouueaux Dieux, par les myfteres de l'Apo-
theofe; & vne corne d'abondance en l'autre main, pour marque de la fertilité qu'elle procureroit perpetuellement fur la
Terre en faueur de ce grand Empire. Car l'on peut employer
en faueur de l'Italie, qui contient Rome mefme, ce que *Ruti-
lius Numatianus* dit de cette Capitale en l'adorant.

*Exaudi Regina tui pulcherrima Mundi
Inter fidereos Roma recepta polos.
Exaudi genitrix hominum, genitrixque Deorum.*

En

En suite dequoy tu peux encore voir ce que ledit sieur de St Amant a dit de l'Italie sur la 3. Medaille d'Antonin, duquel tu as emprunté le passage de Pline, dont tu t'es seruy. Au reste, *Occo* a rapporté vn pareil Quinaire d'or, & auec la mesme deuise, sous l'Inscription de T R. P. X X V. & *Hemelarius* sous l'Inscr. de X X V I. Sur quoy ce que ton Procole a pris suiet de te faire valoir son obseruation, est vne remarque si triuiale & si apparente, que tu as bien faussement menty auec luy d'auoir dit que ledit sieur y auoit failly attribuant le type de cette Medaille à Tibere: Car manifestement son explication iustifie qu'il a entendu que cette deuise regardoit ses anciennes victoires acquises sous l'Empire d'Auguste, la Victoire celeste luy en preparant d'autres sans intermission durant le cours de son Empire. De sorte que tout ce que tu as dit apres luy est absolument vain & inutile.

Sur les trois lettres du reuers de Caligula. CCA.
Censure huitiéme.

IL est aysé de verifier ce dont tu doute, concernant l'interpretation que *Goltzius* & *Occo* donnent à ces lettres; par *Occo* mesme p. 103. où son obseruation est ainsi conceuë, C C A. *Vasa Pontificalia.* COLONIA CARTHAGO NOVA, *vt vult Goltzius, ex alia inscriptione quae in eiusdem Imp. nummis reperitur,* &c. Le mesme *Occo* toutefois interprete en vne Medaille de Tibere p. 86. ces mesmes lettres pour COLONIA CALAGVR S. Encore que luy-mesme les cust expliquées ailleurs p. 74. COL. CÆS. AVG. comme aussi *Ambrosius Morales* l. 8. qui est la meilleure, & que i'ay suiuie en mon Explication. Mais cela est de peu de consequence.

L

Contre la Censure IX. concernant le duel de deux Soldats representé au reuers de Claude.

VOicy bien vn autre escueil contre lequel tu vas faire naufrage. Tu dis que l'on ne void iamais la Guerre representée és reuers des Medailles ; mais seulement les Victoires & les
Trophées. En quoy, certes, ton ignorance & ton inaduertance
sont inexcusables : Car toy-mesme en as à l'instant rapporté vn
exemple contraire, empruntée d'vne Medaille de la famille Didia, qui toutefois n'est rien moins que ce que tu crois y auoir
veu. Ce que Vrsinus & Gorlæus t'apprendront si tu les con-
sulte : car c'est non vn combat de deux soldats, mais au contraire, c'est la representation d'vn Centenier qui chastie vn Soldat delinquant, suiuant la discipline militaire des Romains,
auec vn rinceau torts de serment de vigne. Mais en cette Medaille de Claude, c'est vn soldat Romain qui y est representé
combattant auec vn Barbare nud, chacun le poignard à la main :
Ce qui manifestement ne peut designer autre chose en vn reuers de cét Empereur, que ce que i'en ay dit. Le Soldat vestu &
armé à la Romaine ne pouuant representer qu'vne attaque Romaine en vne Region où les hommes combattoient presque
nuds, comme Tacite l. 12. & Dion Cassius l. 76. p. 86 remarquent
que faisoiët les Bretons. Ce qui fait voir que c'estoit la Britannique par cõsequent où Claude fit forte guerre, & s'y fit obeïr par
ses Lieutenãs, l'vn desquels, sçauoir Caius Sidius Geta en triõpha:
& puis luy-mesme y fut en persõne, vainquit les Barbares, & prit
Camalodunum, lors capitale de leur Isle. Ce qui luy fit deferer par
le Senat le titre & surnom de Britannicus, lequel fut aussi donné
à son fils en nom propre : Ainsi qu'il est curieusement remarqué
par Dion Cassius liu. 60. Aurelius Victor fait aussi mention de
cette Guerre, & dit qu'il dompta les Bretons en personne. Ce
que Paulus Diaconus remarque aussi ; & de plus, qu'il assuiettit
aussi les Isles Orcades à l'Empire Romain. Britannis bellum in-
tulit, ce dit il, quod nullus Romanorum post Caium Cæsarem attige-
rat, eaque deuicta, per Cnæum Sentium & Aulum Plautium illu-

ſtres viros triumphum celebrem egit. Quaſdam etiam inſulas vltrà Britannias in Oceano poſitas Imperio Romano addidit, quæ appellantur Orcades. Filio autem ſuo Britannici nomen impoſuit, &c. Ce que *Paulus Diaconus* a pris mot pour mot d'Eutrope. Mais Tacite deſcrit encore plus particulicrement cette guerre en ſon douziéme liure, laquelle il dit auoir duré ſept ans. Leſquels Hiſtoriens ſi tu euſſe leu, tu n'aurois pas eu cette reſuerie, que cétte guerre ſe fuſt acheuée & cette Iſle aſſuiettie ſans aucune effuſion de ſang, & ſans combat; fondé en cette perſuaſion ſur la negligence de Suetone, qui n'a fait mention qu'en courant du voyage ſeul que Claude y fit, où il ne fit que peu de ſeiour. Apres cela, tu ſouſtiens auec vne pareille ignorance & temerité que les Bretons ne portoient point de poignards, & ne s'en ſeruoient point. Mais *Dion Caſſius* te deſabuſera & t'apprendra le contraire en ſon 76. liure p 866. en ce peu de mots. εἰσὶ δ' αὐτοῖς χ ἐγχειρίδια, *Pugiones quoque habent*. Certes ton ignorance & celle de ceux qui te fourniſſent de paſſages à prix d'argent, ou par troc auec tes bagatelles antiques dont tu abonde, ne ſe peuuent aſſez admirer.

Contre la Cenſure X. concernant l'Inſcription de
EX CON. CC. II.

POur combattre vne coniecture de la qualité de celle dudit ſieur de St Amant ſur cette Inſcription; Il ne faut pas l'attaquer auec des imaginations friuoles, ou des reſueries, de la qualité des tiennes, ſans prouuer aucune choſe auec iugement & veriſimilitude. Tu ne te plais qu'à chicaner inutilement au lieu de cela, ſur des choſes douteuſes: abondant en ton ſens ſtupide & tout *Bouino*. Ne rempliſſant iamais ton papier que des choſes les plus vulgaires: Outre cela, ton impertinence eſtant de dire, que pource que la volonté du Prince ſert de loy, qu'il n'y a pas d'apparence qu'il euſt fallu le conſentement des villes de la Campanie pour faire cét ouurage. Car tu ne conſidere pas les raiſons que ledit ſieur en a apportées, qui certainement

font toutes palpables : Car quelque puiſſance Souueraine que
les Princes ayent ſur les ſubiets, ſi eſt-ce qu'ils ont accouſtumé
de leur faire cette Iuſtice, de les deſdommager és entrepriſes
des ouurages qui doiuent cauſer quelque perte de leurs immeu-
bles. Et c'eſt ce qui ſans doute ſe pratique en cette occaſion, les
Loix Romaines, & les Conſtitutions des Empereurs en donnants pluſieurs preuues. Et cela auec beaucoup plus raiſonnable ſous-miſſion à l'equité & condeſcendance aux intereſts des
particuliers, que pour l'erection d'vne ſtatuë, De l'exemple de
laquelle tu te ſers ſi mal à propos, & contre toy meſme.

Contre la onziéme Cenſure, concernant l'Inſcription de LIBERTAS RESTITVTA au reuers de Galba.

TV bricole encore icy, *Bouino*, & ne vas pas de droit fil dans
ton rapport. Car encore qu'en toutes les Medailles où il
y a des figures que l'Empereur releuë, ces Villes ou Prouinces
ſoient repreſentées en meſme eſtat, elles ont toutefois des ſu-
jets differents comme les Inſcriptions en ſont differentes. Ainſi
ſi le ROMA RESVRGES deſigne le reſtabliſſement de la
ville de Rome & de la gloire de l'Empire Romain. Rome ayant
eſté fort debiffée & ruinée, ſon Capitole ayant eſté bruſlé, &
vne partie de ſes habitants ou tuez ou opprimez par les viciſſi-
tudes de la fortune pendant les Guerres ciuiles arriuées en cet
Empire depuis la mort de Galba. C'eſt donc ROME qui eſt
ainſi repreſentée à genoux, nuë à demy, & deſpouillée de ſes
plus glorieux ornements, ſans caſque, ſceptre, pique, ny bouclier. De meſme icy la LIBERTE' PVBLIQVE ayant eſté
entierement opprimee auec les Loix, degradée de ſes anciens
priuileges & de ſa franchiſe par l'inſupportable violence & tyrannie de Neron, eſt repreſentée ſans ſes attributs ordinaires,
en l'eſtat auquel Rome l'eſt en la Medaille de Veſpaſian. Mais
que ce ſoit par ta conſequence, Rome meſme, & non pas la
LIBERTE', c'eſt vne abſurdité Bouine & ridicule.

C crije

Contre la douzième Censure, concernant les victoires d'Othon.

C'Est merueille de voir que tu aye vne telle demangeaison de reprendre ledit sieur Tristan, qu'elle te fait perdre ce peu que tu as de iugement: ta passion te faisant broncher en tous tes efforts, & donner du nez en terre, comme ie te vais encore faire voir presentement. Tu ne veux pas que ledit sieur explique ces deux Couronnes que la Déesse Victoire tient en ses mains au reuers de la Medaille d'Othon, pour luy auoir esté mises és mains pour designer la Victoire Sarmatique d'*Aponius* sous les auspices d'Othon, & celles que ses Lieutenants obteinrent deuant Plaisance sur *Cæcina*: Parce, dis-tu, qu'elles n'arriuerent pas, comme gemelles, en vn mesme moment. Ce qui est vne consideration tres inepte: car le Monnoyeur Romain qui a fabriqué autrefois cette Medaille, n'est pas ressuscité pour te venir dire à l'oreille le temps de sa fabrique, qui peut auoir esté apres cette victoire de Plaisance, & auoir par cette raison fait mettre ces deux Couronnes és mains de la Victoire, l'vne pour designer la premiere, l'autre pour la seconde, qui ne la preceda que d'vn mois. Outre ce qu'il n'est pas necessaire que deux victoires soient arriuées en vn mesme iour, pour attribuer deux couronnes à cette Deesse: car il suffit que le suiet du monument en soit veritable. Apres tout, c'est vne grande impertinence & stupidité à toy de conclure en consequence de ton imagination, que ces deux couronnes ne designent qu'vne victoire, la seconde couronne ne seruant que d'ornement, à ce que tu dis. Vne Medaille d'argent de Valerian qui est entre mes mains s'opposant directement à ton imagination. Laquelle nous fait voir vne Victoire tenant, côme celle-cy, vne couronne en l'vne & l'autre main, auec l'Inscription de VOTA ORBIS, designât que tout l'Empire Romain addressoit perpetuellemét ses vœux aux Dieux pour luy faire obtenir le bô-heur de pouuoir vaincre glorieusement ses ennemis, tant en Orient qu'en Occident. En vne autre de cuiure argenté sous la mesme Inscri-

M

ption, il y a deux Victoires debout qui attachent vn bouclier à vn Palmier, sur lequel toutesfois il n'y a rien d'escrit. Ces deux Victoires formants vne intelligence analogique & commune auec celle d'Othon à peu pres, seulement y ayant cela de difference, que celle d'Othon represente deux victoires desia acquises, & celles de Valerian n'estants encore qu'en vœux & en esperance. Au reste, *Bouino*, pour authoriser ta resuerie tu cite ces vers du troisiéme liure de *Corippus*, que tu n'as iamais leu ; mais que ton Protocole ignorant & fourbe t'a fourny miserablement hors de propos.

> *Per dextram læuamque tenens Victoria palmam,*
> *Altiùs erectis pendebat in aëre pennis.*

Ne t'apperceuant pas non plus que luy, qu'il faut lire apertement,

> *Par dextram læuamque tenens Victoria partem;*
> *Altiùs erectis pendebat in aëre pennis.*

Car outre que ce ne seroit pas parler Latin de dire *per dextram læuamque tenere palmam*, pour dire tenir vne palme en l'vne & l'autre main. C'est que cela osteroit tout le sens de ce passage, qui se lit ainsi correctement dans les Imprimez à Paris l'an 1610. tout entier, & non racourcy de deux vers comme tu le cite.

> *Quatuor in sese nexos curuauerat arcus,*
> *Par læuam dextramque tenens Victoria partem ;*
> *Altiùs erectis pendebat in aëre pennis*
> *Laurigeram gestans dextra fulgente coronam.*

Ce dernier vers manifestant que tu n'auois iamais leu ce passage, ny auoir esté entendu par *Asinius Bellua*, non plus que par ton vendeur de passages. Car si selon leur lecture, cette Victoire tenoit vne palme en l'vne & l'autre main, comment tenoit-elle vne Couronne de laurier? Ce que dit donc *Corippus*, est que la voute qui couuroit le Throsne Impérial de l'Empereur Iustin, estoit composé de 4. arcades, qui y rencontroient & y estoient iointes en angles, d'oú pendoiēt artistement de la clef 4. Victoires, lesquelles auoiēt les ailes hautes & droites, tenātes vne couronne de laurier en l'vne & l'autre main, comme les presentans à l'Empereur quand il estoit assis en son Throsne. Ne voila pas dequoy, *Bouino*, t'humilier? Certes tu en as grand besoin.

Contre la treiziéme Censure, concernant vne Deëße ailée assise au reuers de Vitelle.

CEs reflexions que tu as empruntées de quelqu'vn qui a affecté de se faire paroistre plus adroit que toy à expliquer les enigmes de Medailles, au lieu de nuire à mon explication par sa contradiction, en a augmenté le sens & l'intelligence : Car encore qu'il concluë par icelle que cette figure hieroglyphique ne soit autre chose qu'vne Victoire, si est ce que i'espere le desabuser. Car en premier lieu, on ne void iamais la Deesse Victoire en aucun Monument de l'Antiquité, non plus qu'és reuers des Medailles, autrement assise que sur des despoüilles des ennemis, ou sur vn Globe : Et encore moins tenant vn plat à sacrifier en sa main. Car lors qu'elle tient vne palme en sa main gauche, elle tient vne couronne en sa droite ; ou bien elle en compose & orne vn trophée, en porte vn entre ses mains, ou tient en sa droite vne roze, ou vn *Acrostolium* ou bec de Nauire, comme és Medailles Rhodienes. Si ce n'est qu'elle escriue sur vn bouclier, ou bien compose vne couronne de laurier de ses deux mains, ou brusle des despoüilles auec vn flambeau, comme la Paix. De sorte que cette figure ailée representée en vne posture si graue & si quiete, doit estre vne autre Deité, qui participe à quelques attributs seulement de la Victoire, estants mixtes auec quelqu'autre, sans estre elle mesme vne Victoire simplement. Or comme ie voy que Pindare & *Aeneas* le Sophiste representent la Iustice diuine ailée, & estre qualifiée estre mere de *Nemesis* sa messagere, par Platon liure 4. de sa Republique, laquelle estoit aussi estimée vanger les meschantes actions des hommes iniustes, recompensant les bonnes, comme arbitre des choses humaines ; & qu'en ces qualitez elle estoit ainsi representée ailée, ainsi qu'Orphée en son Hymne, Ammian Marcellin l. 14. & *Pausanias* l. 1. le remarquent ; & que niesme Hesiode dit qu'elle est la Iustice mesme ; & de plus, qu'*Aristides* en son Eloge de Rome la designe ainsi ; & que *P. Lætus* l. 2. la descrit aussi, & en parle de la sorte en faueur des Romains. *Virgo*

& Victrix Nemesis numen fuit, quo qui malefactis delinquebant, pu-
niebantur. Vnde Victores Nemesin non frustra innocabant, Romani
enim semper iusta mouere arma. Cæteræ nationes odio & maleuolen-
tia, linoreque quod Imperium tantæ vrbis iustitia ageretur, tela in Po-
pulum Romanum capiebant. Considerant cela, dil-ie, & que ce petit plat à sacrifier luy est attribué en la Medaille d'Hadrian que
ledit sieur Tristan a expliquée ; parce que le plus agreable sa-
crifice que l'on puisse faire à Dieu, est de faire Iustice, selon Py-
thagore : Ie ne puis que ie ne me persuade que cette figure ne
represente & designe la Iustice Victrice des assassinateurs de
Galba & Pison, & des autres attentats & crimes Tyranniques &
publics d'Othon : Les victoires & la ruine du party de ce par-
ricide obtenuë d'enhaut par Vitelle, faisants voir estre les effets
de la Iustice diuine & supreme, victorieuse des impies & des
peruers qui auoient iniustement troublé le repos public. De sorte qu'il ayt semblé que la Iustice & la Victoire ayants coniointement & concurremment trauaillé à ce chastiment, ils ne les
ont deu raisonnablement separer en cette statuë ; puisque mesme leurs anciens Theologiens ne les auoient separez en leurs
attributs & exercices contre les iniques & les perfides. Son as-
siete quiete & tranquille (elle neantmoins ayant dés ailes au
dos) marquant deux choses, l'vne, que la Iustice s'exerça par la
vistesse du chastiment ruineux de la tyrannie d'Othon, d'vne
part ; & l'autre qu'elle fut exercée par Vitelle, sinon en toutes
ses autres actions, dans la ville de Rome, au moins en y faisant
droit à vn chacun : rendant l'authorité au Senat fort abaissée
par les licences passées : qui est ce que particulierement aussi
designe la deuise de ÆQVITAS AVG. qui se void en vn autre reuers d'vne Medaille de Vitelle : Cette deesse ΔΙΚΗ estant
pareillement assise pour cette mesme consideration. Car l'Equité estoit aussi estimée estre fille de *Themis* ou de la Iustice, selon
Pindare Ode 13. de ses Olympioniques, laquelle est elle mesme
representée par Hesiode ἔργ. ἡμερ. vers 255. en qualité de fille
de Iupiter assise à ses pieds, & encore par le mesme Pindare Ode
8. de ses Olympioniques, estimée estre sœur de la Victoire,
comme estants toutes deux filles de Iupiter, ce dit *Nonnus* l. 2.
de ses Dionys. voire vne mesme Deité, comme estants issuës du
chef

du chef de Iupiter auſſi bien que Minerue, ſelon Philon
en ſon liure *de Mundi opificio.* Ce qu'eſtant, ie ne puis rendre, ô
Bouino ſelon tes ordres, à la Victoire ſes ailes, que ie ne les ren-
de auſſi en ce faiſant à la Iuſtice, puiſque leurs eſſences & leurs
attributs communs entr'elles, ſont inſeparables. Eſtant au reſte la Victoire ſurnommée *Iuſta* en vne Medaille de *Peſcennius
Niger,* tant pour raiſon de ce que la Iuſtice & la Victoire, comme ie viens de dire, n'eſtoient qu'vne meſme deïté en leurs eſſences (la Victoire eſtant meſme, ſelon *Germanicus* en ſon Poëme *Aratean* appellée de ſoy IVSTA) que par alluſion au nom
de *Peſcennius Niger Iuſtus.*

Toutes ces conſiderations fortifiants parfaitement auſſi l'explication du paſſage du Pſalmiſte que ledit ſieur a rapporté de
Iuſtus vt palma florebit. Pſ. 91. Parce que cette palme que tient
cette VICTORIA IVSTA, ET IVSTITIA VICTRIX,
donne à entendre, que la palme de ſoy eſtoit ſymbole de la Iuſtice & de la fermeté inuincible, & tout enſemble incorrupti-
ble, comme ledit ſieur l'a prouué par le teſmoignage de *Io. Sa-
resberienſis* ; Et que comme la Iuſtice & l'Equité, & par icelles le
bon & iuſte Iuge cauſe vn bien incomparable en vne Republique, & luy eſt tres vtile ; & que pour ce ſuiet l'Equité tient és
reuers des Medailles de Macrin & de Gordian vne corne d'a-
bondance ; la Palme auſſi contient en elle 360 vtilitez, ſelon
Plutarque l. 8. de ſes Sympoſ. Queſtion 4. Enfin comme *Polus*
le Pythagoricien dans Stobée Diſcours 1x. la qualifie auec Oppian l. 2. de ſon ἁλιευτ. vers 680. Δίκα θρέπτηρα πολήων, La Iuſtice mere nourrice des Villes. Et qu'Euripide dit ſagement &
fort à propos pour expliquer cette figure hieroglyphique de la
Iuſtice, que

Ἐν παντὶ δεῖ χαιρῷ τὸ δίκαιον ἐπικρατεῖν

Εἰς τοῖ δίκαιος μυρίων ἐκ ἐκδίκων

Κρατεῖ, τὸ θεῖον, τὴν δίκην τε ſυλλαβών.

*Omni tempore quod iuſtum eſt, vincere debet. Vnus iuſtus infini-
tos, non iuſtos vincit, Deo & Iuſtitia adiuuantibus.* Il faut reconnoiſtre que ces attributs du petit plat de Diuinité, des ailes, &
de la Palme, luy appartiennent auec iuſtice.

N

Contre la XIII. Cenſure, concernant le reuers de Veſpaſien, auec vn Vaſe entre deux Lauriers.

SI tu n'eſtois (*Boxino*) plus enuieux & pointilleux que rai-ſonnable & iudicieux, tu n'aurois pas repris mal à propos ledit ſieur de St Amant, ſur ce qu'il a remarqué concernant le Chef non radieux de Veſpaſian deïfié: car il t'a aſſez fait entendre, que lors que les Empereurs eſtoient repreſentez en effigies de Dieux, la couronne radieuſe leur eſtoit donnée; Mais que lors qu'ils l'eſtoient en qualité de Heros victorieux & illuſtres par leurs actions glorieuſes & triomphantes, on ne les couronnoit que de Laurier: comme Veſpaſian eſt icy remarqué l'auoir eſté; ce que ledit ſieur a curieuſement prouué. Mais tu te donnes bien de garde d'inſerer dans tes Cenſures les paſſages qui combattent le mauuais deſſein que tu as continuellement de le reprendre, encore que tu ſois touſiours mal fondé.

Il en eſt de meſme de ton Pedant, ou Protocole, qui a ſottement fait parade, & hors de propos, de ſa ſubtilité pointilleuſe & Sophiſtique, feignant par ſa Cenſure ſur le ſuiet de ce vaſe placé entre deux Lauriers, que ledit ſieur Triſtan a entendu que c'eſtoit la repreſentation d'vn vaſe d'onguents qu'il ait eſtimé auoir eſté mis aupres de Veſpaſian mort. Souſtenant qu'il ne s'eſt iamais veu, qu'aucune Nation ait iamais pratiqué de mettre des vaſes d'onguents pres des morts, & que ledit ſieur n'a pas bien entendu Ariſtophane. Mais il te falloit, *Boxino*, vn plus ſubtil Aduocat, ou chicaneur, pour pouuoir ſurprendre ledit ſieur Triſtan. Et pour te le faire voir clairement, ie te diray d'abord qu'il ſe trompe honteuſement: Car ſi Ariſtophane euſt entendu par ſuppoſition, c'eſt à dire *per hypallagen*, parler de l'onguent par le vaſe; certes il ne l'euſt pas employé en cét endroit, où vn homme viuant ſe plaint & parle: car on n'oignoit pas les viuants, mais les morts. Il parle donc, & dit qu'on l'auoit deſpouïllé, & laiſſé là ſeul, & tout nud comme vn corps mort, mais ſans couronne, & ſans auoir mis aupres de luy là

Cruche d'onguents. Le Scholiaste de ce Comique l'ayant mefme entendu comme cela, lequel n'euſt pas manqué de remarquer que ce Poëte auroit vſé de cette figure, & entendu parler
de l'onction & de l'onguent par le vaiſſeau qui le contenoit;
Ariſtophane ayant vſé du verbe ἐπιθεῖσα *imponens*, pour cette
cruche: Mais au contraire, il a commenté ſimplement que cela
eſtoit ſuiuant la couſtume. Or que la couſtume fuſt de mettre
quelque vaiſſeau plein d'onguents de bonne odeur pres d'vn
corps mort, dont meſme l'on s'eſtoit ſeruy à l'onction du corps
du defunt, cela eſt tres vray ſemblable; cette onction ſe faiſant pour empeſcher que la puanteur du corps n'offençaſt les
aſſiſtants, comme le remarque Lucian en ſon Dialogue ΠΕΡΙ
ΠΕΝΘΟΥΣ, *de Luctu*. Car meſme pour cette raiſon on met-
toit deuant eux vn petit Autel, ſur lequel l'on bruſloit des dro-
gues aromatiques, ainſi qu'il a eſté remarqué. Ces bocals pleins
d'huiles & liqueurs odoriferantes eſtoient apres cela portez és
Pompes funebres, dont auſſi l'on faiſoit des effuſions ſur le
buſcher, & puis ſur des tombeaux, & ſur la terre autour d'i-
ceux. Ainſi que ceux qui ont eſcrit des funerailles des anciens
le remarquent par pluſieurs authoritez: Comme Claude Gui-
chard, duquel *Kirchmanus* a emprunté vne grande partie de
ſes Obſeruations, l. 1. ch. 5. & 7. és pp. 40. & 47. & Anacreon,
Ode 4.

Τί σε δεῖ λίθων μυρίζειν

Τί δὲ γῆ χέειν μάταια

Ce que ton Pedant a adiouſté du *Lecythus*, & le paſſage d'A-
riſtophane, eſtants vne fripperie qu'il doit à ſon Calepin ſur ce
mot. Lequel toutefois te donne par ſa deſcription du *Lecythus*
vne forme pareille à celle que tu vois en cette Medaille de Veſ-
paſien, encore qu'il n'y ait rien qui ait plus changé dans l'Antiquité par la ſuite des ſiecles, que les formes des Vaſes, dont pluſieurs meſme ſe trouuent ſous vn meſme nom auoir eſté employez en diuers pays en vſages differents; n'eſtant par conſequent neceſſaire de conclure que celuy cy placé entre ces Lauriers, fuſt le *Lecythus* d'Ariſtophane tres ancien Poëte Grec:
Mais bien vn vaſe à mettre des onguents ou liqueurs odorife-

rantes, quel qu'il peust estre. Veu mesme que *Iulius Pollux* en
nomme diuers, tous differents en leur forme; comme l'on void
vne grande diuersité en la forme des Vrnes, dans lesquelles les
Anciens enfermoient les cendres des morts. Estant au reste vne
notable impertinence de taxer ledit sieur d'auoir estimé que le
Senat eust honoré la memoire de Vespasiã d'vn vase plein d'hui-
le, puisque ledit sieur n'a rien dit ny remarqué de cette qualité, y
ayãt bien de la differẽce entre ce qu'il a dit, & cette faulseté de
ton Pedant. Ce que ledit sieur a remarqué, estant, que ce vase
mis au reuers de cette Medaille de Vespasien, donnoit par occasion suiet de se ressouuenir, que les Autheurs auoient fait cette obseruation, qu'anciennement c'estoit la coustume d'en
mettre pleins d'onguents, huiles, & liqueurs de bonne odeur
aupres des morts. Mais qu'il ait dit que le mesme ait esté pratiqué enuers Vespasien par decret du Senat, cela est tres faux.
Estant apparent que ces vases de ces huiles n'estoient nullement necessaires en des actions funebres des grands Monarques, dont les corps auoient esté curieusement lauez & oings
d'excellentes especes d'onctions, capables de les exempter de
toute mauuaise odeur, auant que de les placer dãs les buschers,
qui en partie estoient composez de bois aromatiques pour la
mesme fin, & par magnificence aussi. Ce Vase donc deuoit
estre celuy d'or que l'on doit croire luy auoir esté ordonné par
le Senat pour ἀνάθημα, en qualité de Dieu ou Heros destiné
pour son sanctuaire, & pour faire les libations & effusions és sa-
crifices faits en son honneur sur son Autel.

Quant aux deux Lauriers plantez de part & d'autre, ledit
sieur a eu raison de les auoir pris pour symboles de victoire, cela ne se pouuant contredire, & mesme pour monument apparent de la Britannique & Iudaïque de Vespasian. Cela mesme
estant conforme au scariment de *Hemelarius* sur la 3. Medaille
de sa XII. Planche. Et neantmoins ton Protocolaise rend si ridicule, que de vouloir pretendre que cela ne peut estre, à cause
(ce dit il,) qu'il faudroit qu'il y eust vn palmier symbole de la
Iudée. Qui est vne raison autant grossiere qu'inepte. Car en
premier lieu le palmier n'estoit pas seulement symbole de la Iudée, mais principalement de la Phenicie. C'est pourquoy lors
qu'és

qu'és Medailles on a voulu defigner ces Prouinces par cét ar-
bre, ils y ont toufiours adioufté l'Infcription de PHOENICE,
ou celles de IVDÆA CAPTA , & de FISCI IVDAICI
CALVMNIA SVBLATA ; Et au contraire de fon raifonnement, fouuent l'on void des palmiers fur lefquels font pendus
ou appliquez des boucliers, fur lefquels la Deeffe Victoire. efcrit, quelquefois VICT. DACICA , tantoft PARTH CA,
ou ARM. ou GERM. puis VICT. BRITAN. & ainfi des autres; & neantmoins ces Prouinces ne prirent iamais les Palmiers
pour fymbole. Sa raifon donc eft abfurde en ce poinct, & encore plus en ce qu'il prend pour autre preuue de fon dire, que l'on
void fur l'Arc triomphal de Tite à Rome vne Victoire qui tient
vne palme, comme fi ce n'eftoit pas toufiours la couftume de
donner vne palme en la main de la Victoire pour quelque forte
de victoire, & fur quelque Nation que ce fuft. Certes, cette ftu-
pidité eft inexcufable en vn Antiquaire qui eft curieux de Medailles il y a plus de trente ans.

Mais les Lauriers n'eftants point arbres de plus particulier
fymbole d'vne Prouince que d'vne autre, comme venants pref-
que par tout. Il eft conftant qu'ils fe pouuoient toufiours employer pour quelques victoires plus fignalées qu'vn Empereur
pouuoit auoir obtenuës, comme firent ces deux là de Vefpafien.

En fuite tu fouftiens auec luy que les Lauriers ne feruoient de
rien au regard des morts, mais feulement que le Preftre s'en
feruoit pour purger les affiftans, qui eft vne contradiction manifefte: Car cette luftration funeraire mentionnée par Virgile
l. 6. fe faifoit à caufe d'vn Heros mort, que l'on auoit inhumé;
& partant le fuiet procedant de luy, la luftration fe faifoit pour
purger les affiftants à caufe de luy. Et ainfi tu confeffe que fuiuant ce que *Seruius* en remarque par l'authorité de *Donatus*, que
le laurier feruoit aux ceremonies funeraires. Eftant mefme en
vfage d'en brufler , comme *Nemefianus* feint en fa premiere
Eclogue, que l'on fit dans le bufcher de Melibée, ainfi :

Felix, ô Melibœe, vale, tibi frondis odoræ
Munera dat , Lauros carpens, ruralis Apollo, &c.
Manibus hic fupremus honos

comme auſſi du Cinamome , Cedre , & autres arbres & arbuſtes odorants. Mais la demangeaiſon que tu as eu de diſcourir du Cyprez employé aux ceremonies funeraires, plantez autour des ſepulcres des morts , la plus vulgaire remarque qui ſe puiſſe faire , dont il ſe rencontre trente paſſages dans les Autheurs, t'a fait côbattre ce que ledit ſieur a dit du laurier. Ie t'aduertiray toutefois encore d'vne ſingularité concernant le Cyprez , que ie n'ay apperceu auoir eſté remarqué que par Theodoret, citant Thucidide , en ſon 8. Diſcours ; ſçauoir que l'on faiſoit les cercueils des Treſpaſſez de bois de Cyprez. Au reſte ton obiection eſt fauſſe , que ledit ſieur ait employé ces vers de Virgile ;

Ingens ara fuit , iuxtaque veterrima laurus
Intumbens aræ, atque vmbra complexa Penates.

comme pour iuſtifier que l'on enuironnaſt tous les monuments des morts de lauriers , ce qui eſt tres faux. Car faute d'auoir compris ce qu'il en a dit, tu rapporte des paſſages que tu t'imagine eſtre contre ſon aſſertion ; mais neantmoins qui en effet l'augmentent & la fortifient. Car ledit ſieur n'a pas dit que les monuments des hommes du commun euſſent de couſtume d'eſtre ombragez de lauriers. Mais bien a-t-il parlé diſtinctement des Autels & des Monuments. Ce qui s'entend manifeſtement des Autels ioints aux monuments des perſonnages, deïfiez & des Heros, comme fit Æné à Anchiſe, dans Virgile l. v. car c'eſtoit la couſtume de leur en eriger.

Ante ſepulcrales infelix aſtitit aras ,
Ex quo reliquias diuinique oſſa parentis
Condidimus terræ ; mœſtaſque ſacrauimus aras.

Du nombre deſquels Veſpaſian ayant eſté reconneu par le Senat Romain ; ce n'eſt pas merueille ſi ces Lauriers ſe voyent luy auoir eſté attribuez, & non pas des Cyprez, ou des Pins, qui ne s'employoient nullement és ceremonies funebres des Empereurs conſacrez. Vne autre Medaille d'or qui ſe void auſſi en argent, frappée en l'honneur du meſme Veſpaſian apres ſon deceds & ſa conſecration ; fortifiant ce que deſſus, qui repreſente en ſon reuers vne colomne entre deux lauriers , contre laquelle il y a vn bouclier appliqué, auec l'Inſcription SC. au milieu, qui

deſigne que le Senat dedia à la memoire de ce braue Heros ces
monuments de ſa gloire apres ſa conſecration. Les Lauriers
marquants ſes victoires triomphantes de la grande Bretagne &
de la Iudée; le bouclier la deffenſe de l'Empire Romain contre
les Barbares, & la colomne ſa conſtance, ſuiuant l'ancienne
couſtume d'en eriger en l'honeur des Heros pour immortaliſer
leur nom, voire meſme en lieu de ſtatuës, & d'autels; Sur quoy
voyez Clement Alexandrin l. 1. & Plutarque en la vie d'Alexandre; comme auſſi Ioſeph l. 7. de ſes Antiq. Iudaïques, chap. 9.
ſur la fin, qui remarque qu'Abſalon s'en fit eriger vne de marbre de ſon viuant, pour eternizer ſa memoire. Voyez auſſi le
deuxiéme des Roys, ch. 18.

Contre la quatorziéme Cenſure, concernant l'effigie du Nil au reuers de Tite.

IE te vay faire icy au nom dudit ſieur Triſtan vne leçon de ce
que tu ignore, encore que tu preſume beaucoup de ta ſuffi-
ſance dans la connoiſſance de ce qui concerne l'Antiquité. Qui
eſt, que les Fleuues ne ſont iamais repreſentez (en qualité de
Fleuues ſeulement) en autre forme que couchez ou debout, &
tenans quelque vrne, cruche, boccal, rozeau, & corne d'abondance, dont ledit ſieur eſpere en faire voir pluſieurs, Dieu aidant, dans ſon 4. Volume. Et que ſi on les a voulu repreſenter
en effigie, comme eſt le Nil en cette rare Medaille Grecque de
Tite: Ce n'a iamais eſté qu'auec les attributs de quelques Dei-
tez ſupremes, pour les pouuoir faire conſiderer côme des Dieux.
C'eſt ce qui a eſté obſerué en cette effigie du Nil, qui a en luy la
repreſentatiõ d'vn Iupiter mixte auec les attributs de ce Fleuue.
Car auec l'air du viſage de ce Dieu ſupreme, & pere des Dieux
& des hommes, il a encore la barbe plus longue & plus ample
que l'on ne la donnoit d'ordinaire à Iupiter, & comme on l'attribuoit aux grãds Fleuues: Ainſi qu'en effet elle ſe void és antiques ſtatuës & ſimulacres du Nil & du Tibre; & de meſme que
ledit ſieur l'a remarqué curieuſement ſur l'ineſtimable vaſe anti-

que d'Agathe du Threfor de S. Denys en France, p. 632. Pour
le regard de cette couronne radieufe telle qu'elle eftoit attri-
buée aux Empereurs, elle luy eft donnée en cette forme, en faueur de Tite, qu'apparemmét ceux d'Alexandrie, qui firent frapper cette Medaille, voulurent faire recõnoiftre par flatterie eftre
leur veritable Iupiter Egyptien & Pharien, & le plus diuin Genie du Nil. Or comme tu n'as pas connu ny entendu ce myftere:
& que fans le declarer fi exactemét, ledit fieur auoit fimplement dit (mais toutefois expreffément) que c'eftoit l'effigie
de Iupiter, couronné d'vn cercle de rayons, parce que cela n'e-
ftoit des attributs ordinaires de Iupiter d'auoir le chef ceint
d'vn cercle de rayons, fi ce n'eftoit en qualité d'vn Iupiter Augufte & Aufonien : Car autrement, fi par extraordinaire & par
quelqu'autre raifon myftique on luy attribuoit des rayons, ils de-
uoient eftre yffans de fon chef, comme ceux d'Apollon, & du
Soleil. Ce qu'eftant, comment apres auoir volé tout ce que tu
as dit du Nil, (pris pour *Ofiris* & pour le Soleil, & encore pour
Bacchus) de la curieufe & exacte obferuation que ledit fieur en
a faite en fon explication du fufdit Vafe d'Agathe, és pages 631.
632. & 633. où il a encore fait voir cette deuife de Tite ; Comment, dit-ie, as tu eu l'audace de le reprendre malicieufement,
fans mefme auoir la dexterité de reconnoiftre que iamais le Nil
ne fut reprefenté en aucun monument de l'Antiquité couronné, comme il l'eft en cette effigie, que pour la confideration dont
ie viens de te dõner connoiffance, qui concerne Tite? T'extrauagant fantaftiquemét fur des raifons efcartées du fuiet de ce reuers, pour employer ce que tõ Protocole a frippé des Comme-
taires des Poëtes. Ayant mefme eu l'audace de dire que ledit
fieur n'a pas entendu ce vers de Martial,

Scis quoties Phario madeat Ioue fufca Syene.

parce qu'il t'a femblé ne l'auoir pas expliqué. Mais afin que
tu aye honte de ton ignorance, N'a-t'il pas apertement donné
le fens de l'imagination de la Theologie des Poëtes, & autres
Autheurs, quand il a cité ce vers pour confirmation de ce qu'il
venoit de rapporter de fictions, de leur fens allegoric, qui eftoit
qu'ils le difoient eftre defcendu de la fubftance de Iupiter, comme le croyant eftre fon fils. L'ayants honoré de l'epithete
de

de Διπετης à *Ioue fluentis, siue de lapse.* C'est à dire, coulé & ver-
sé ça bas de Iupiter mesme, selon Homere, Strabon, & Aristi-
de. Et encore selon Pindare Ode 4. de ses Pythioniques, où il
l'appelle fils de Saturne, *tanquam donum Dei.* Ce qui luy donnoit aussi l'epithete de *Iupiter Pharius* & *Ægyptius.* Cela donc,
n'est-ce pas expliquer doctement la raison pour laquelle ils le
qualifioient ainsi? Certainement il n'eust pas remarqué cela, si
il ne l'eust entendu de l'humeur feconde qui découle & descend
d'enhaut, dont ils croyoient le Nil auoir esté premierement for-
mé, & en receuoir ses eaux ou son accroissement par la chaleur
du Soleil.

Ce que tu adiouste des Scarabées ou Escarbots, que tant d'autres ont remarqué auant toy auoir esté l'image du Soleil, selon
Horapollo & Eusebe l. 3. *de Præparat. Euang.* és chapp. 4. &
13. par le tesmoignage de Porphyre, dissimulant ce que tu en
as appris d'eux & dudit sieur, te manifeste estre vn veritable *Sca-
rafaggio Bouino è di Asino.* Car cét animal comme toy, est vne
engeance asinesque selon *Sextus Empiricus* l. 1. de ses Hypothe-
ses Pyrrh. ch. 4. & qui tasche tousiours de renuerser, & casser,
ou corrompre les œufs de l'Aigle; comme tu faits les sublimes
mes productions d'esprit dudit sieur de St Amant. Et de plus,
estant cornu & ταυροειδης, & *taurinâ specie*, ce dit *Horapollo* l.
1. ch. 10. il imite aussi, selon Pline l. XI. ch. 28. le mugissement
d'vn bœuf. Et ainsi tu te manifeste enuers ledit sieur χουβαρος
μελαντερος & κακοπανουργοτερος. C'est à dire, plus noir, plus
malin, & plus rusé que le Scarabée, suiuant le Prouerbe dans
Suidas.

Contre la XV. Censure, concernant vne Cheure & vn Belier au reuers de Domitian.

POur te faire response, *Bouino,* sur ce que tu dis, que la Che-
ure Amaltheane n'ayant seruy, qu'à alaicter Iupiter, elle
ne peut pas auoir rencontre auec la ieunesse & l'education de
Domitian; l'ay à te repartir, que cette sorte de flatterie d'attri-

buer des naiſſances & educations diuines aux Empereurs, eſtoit
tellement commune, qu'il n'y a lieu de m'amuſer icy apres vne
preuſie inutile. C'eſt pourquoy ie me contenteray de celle que
nous fournit auec celle-cy la Medaille d'argent du ieune *Salo-*
ninus Valerianus Cæſar, fils aiſné de Galien, laquelle ledit ſieur a
expliquée dans ſon 3 Volume, p. 118. qui a pour reuers & Inſcription, DIS NVTRITORIBVS, & en vne autre, DI NV-
TRITORES. Dieux nourriciers, qui ſont Iupiter & Galien
y repreſentez. Ce ieune Prince aagé d'enuiron quinze ans, &
decoré d'vn cercle radieux, te faiſant voir qu'il n'eſtoit pas neceſſaire que Domitian fuſt repreſenté dans la premiere enfance
pour auoir peu meriter que l'on fiſt rencontre de ſon education auec celle de Iupiter ; mais principalement meſme pour la
rencontre de cette Chevre d'Amalthée auec vn autre exemple.
La Medaille du meſme petit Valerian que i'ay curieuſement expliquée en ſuite de l'autre, p. 119. iuſtifie aſſez cette couſtume :
Car ce ieune Cæſar y eſt comparé en ſon education à Iupiter
ſous l'Inſcription de IOVI CRESCENTI, lequel y eſt repreſenté aſſis ſur cette Chevre, comme elle meſme ſert auſſi de la
meſme ſorte de flatterie en faueur du ieune Domitian, qui n'e-
ſtoit que Cæſar pour lors. Eſtant au reſte hors de raiſon d'eſti-
mer qu'en des flatteries affectées de cette qualité, ils s'amuſaſ-
ſent au calcul de leurs années ; & que pour eſtre dans l'adoleſ-
cence, ils luy rendiſſent moins de deferences de cette qualité.
Car meſme i'apperçois que par le meſme art de caiolerie, *Papi-*
nius Statius le fait eſtre encore dans la premiere ieuneſſe en ſon
dix-ſeptiéme Conſulat, qui arriua vn an auant ſon maſſacre, ayāt
pour lors neantmoins 43. ou 44. ans, en ces vers de ſon 4. liure
de ſes Boſcages.

———— *Lætoque dederunt*
Signa polo, longamque tibi, Rex magne iuuentam,
Annuit, atque ſuos promiſit Iuppiter annos.

Eſtant eſtrange, que tout ce qui ſe peut dire de vray ſemblable, & comme palpable, quelques authoritez que ledit ſieur
employe pour ſa verification, eſt tellement hors de ſon gouſt,
tout bouuier & aſineſque, qu'il faut qu'il ne luy donne que des
chardons ou du foin, au lieu d'ambroſie, ſi il luy veut plaire.

Il en est de mesme de ce que tu nie que le Belier au regard de
Domitian designe en qualité de Prince, sa ieunesse : veu, ce dis-
tu, qu'il doit signifier son enfance : Car tu ne prends pas garde
que tu te confonds toy mesme en tes mesures auec ton Protocole : car cy-deuant tu l'as voulu faire passer pour auoir esté de-
ja dans vne ieunesse auancée (ce qui estoit en effet) ne voulant
pas que la Chevre Amalthée designast son education en son enfance ; & à present voila que tu en veux faire vn enfant encore
naissant, luy qui estoit lors de la fabrique de cette mōnoye, Prince de la ieunesse Romaine, & Consul outre cela pour la septiéme fois ; cela n'est il pas extrauagant & ridicule ? Et encore, de
te seruir contre tout sens commun du passage de Macrobe, que
ledit sieur Tristan auoit rapporté, & que tu as pris de son explication. Dont le lustre & la gloire t'esbloüissent tellement, que
tu ne sçaurois éleuer tes yeux hors de ton pasturage ,ny les re-
garder qu'obliquement.

Contre la Censure XIV concernant les 2. Lyres du reuers de Nerua.

LE sieur de St Amant auoit remarqué par la consideration
de cette Choüette arrestée sur les 2. Lyres de la Medaille
de *Nerua*, qu'elle auoit esté frappée à Athenes. Quel besoin
donc estoit il de nous dire que cét oyseau estoit le symbole de
Minerue, protectrice d'Athenes? Car cela est si triuial, que l'obseruation en est inutile ; & neantmoins apres cette rare remarque, tu en adiouste vne autre qui est tres impertinente : car tu
veux que cette Choüette designe Pallas, parce, ce dis-tu sottement, qu'il se void plusieurs Medailles d'Athenes qui ont d'v-
ne part vne teste de Pallas, & de l'autre vne Choüette. En quoy,
certes, tu fais bien parbistre que tu es vn vray Hibou, & que tu
ne vois goutte en pleine lumiere. Estant certain que cét oyseau
ne designe ny represente Pallas ny Minerue ; car on ne repre-
sentoit pas deux fois en vne mesme monnoye vne mesme chose. Mais bien Pallas ou Minerue l'estoit en ces Medailles d'vne
part comme Patrone de cette fameule ville, si illustre en toutes

fortes d'arts ; Et de l'autre cette Chouëtte, estoit le symbole de la prudence, sagesse, & bon conseil de cette Deesse, estimée estre la partie plus diuine & plus sublime de l'intelligence supréme de Iupiter. Porphyre disant, qu'elle insinuoit & inspiroit la sapience & la prudence aux hômes. Les Atheniens donc voulants donner à entendre que *Nerua* deuoit à l'inspiration & conseil de Minerue, & de plus, à son assistance (comme ayant abandonné Domitian à la vengeance diuine pour raison de ses crimes, de ses incestes, & tyrannies) le choix & la resolution prise par luy, de la personne de Traian pour son successeur par adoption; dont la valeur s'accordant vtilement pour la gloire & la defence de l'Empire Romain auec sa prudence & longue experience politiques, causoit vne excellente harmonie, dans le gouuernement; laquelle les 2. Lyres representent. Ce que toutefois tu n'approuue que pour vne, dont ledit sieur a seulement rapporté la comparaison faite par *Apollonius* selon Philostrate sur le suiet de Vespasian & de Tite; parce que vne Lyre pouuoit d'elle mesme representer cette harmonie, à ce que tu dis. Mais à cela ledit sieur te respondra, que si ce Philosophe se fust aduisé de la prendre sur l'harmonie de 2. Lyres au lieu d'vne, il en eust encore fait vne plus parfaite comparaison, parce que deux Lyres composent vn concert plus aimable & plus conforme au gouuernement de deux Princes, que les tons d'vne seule, puisque selon S. Isidore de *Pelusium* ou Damiette, en sa 125. Epistre, l. 4. suiuant l'opinion de Galien, vne Lyre bien accordée est le symbole d'vne Ame agreablement temperée & ornée de vertus: Car cela estant, quelle deuroit estre par consequent l'vnion de deux de cette qualité en deux personnages, pour tenir le timon & gouuernail d'vn si puissant Empire; dont la concorde est l'ame, comme la Lyre ou Cistre est le symbole: Terpander ayant autrefois reconcilié les Methymnéans & les Lacedemoniens les vns auec les autres, auec les harmonieux fredons de ses instruments; ce disent Diodore Sicilien & *Tzetzes* Chil. 1. Hist. 16. Ensuite tu oppose à cela, qu'en vne Medaille d'Auguste on y voit aussi vne massue entre deux Lyres, que tu n'estime pas, au moins ton Protocole, se pouuoir rapporter à vne côcorde de cette qualité. A quoy ie responds pour ledit sieur, que cela doit

estre

eſtre toutefois, car ces deux Lyres ne peuuent deſigner autre
choſe. Eſtant croyable, que cela peut auoir eſté repreſenté pour
l'harmonieuſe côcorde & tres-vtile à l'Empire d'Auguſte, & des
deux Cæſars deſtinez pour luy ſuccéder. Et que peut-eſtre cette maſſuë regarde Auguſte, comme vn Hercule Romain, qui
auoit dompté tout ce qui luy auoit fait reſiſtance par tout ce
grand Empire, & tout enſemble comme vn Hercule Muſagete
en qualitez mixtes auec l'Apollon Palatin & l'Apollon Actia-
que, dont nous le voyons auoir eu les titres & les epitheres dans
ſes Medailles & dans l'Hiſtoire. Pour le regard de Domitian,
ſon culte de Minerue, & l'amour à la Poëſie luy peuuent auoir
concilié l'attribution de cette deuiſe, qui fait rencontre à ce
trait de *Papinius Statius* l. 5. de ſes Silues, Poëme premier.

Tentamus dare iuſta Lyra, modo dexter Apollo,
Quique venitiunéto mihi ſemper Apolline, Cæſar,
Annuat

Car voila la raiſon de ces 2. Lyres attribuées à Domitian, l'vne
eſtant ſienne, & l'autre celle d'Apollon. Ayant au reſte fait
ſuffiſante reflexion ſur le ſuiet de la Lyre ſeule, qui ſe void auſſi
és reuers des Medailles dans ſon obſeruation. Car l'on void
d'ailleurs fort ſouuent les meſmes attributs & deuiſes, deſigner
ſelon les Empereurs, & les ſuiets diuers repreſenter differentes
choſes. De ſorte qu'il faut encore que tu baiſſe icy l'eſtendard
deuant la iudicieuſe & docte explication que ledit ſieur Triſtan en a faite en ſes Commentaires. Et que tu ſouſmette hum-
blement ta teſte Bouine ſous le ioug de la verité & de la
raiſon.

Contre la *XVII.* Cenſure, concernant le Char tiré par des Centaures, au reuers de *Trajan.*

CErtes, il n'eſt pas conceuable, comme tu as fait ce que tu
as peu, pour confirmer dans le ſuiet des Centaures, atte-
lez à ce Char de Diane: que tu es vn veritable Bouuier Hippanthrope. Car ce peut-il rien faire de plus groſſier ny de plus inepte, & qui manifeſte plus ton ignorance bouine és choſes anti-

Q

ques, que d'auoir interpreté ce demy mot LIB. c'est à dire LI-
BERTAS ; comme si c'estoient des lettres Grecques employées pour Chifre & datte d'année , & qu'ils signifiassent
ANNO XII. faisant ainsi sottement donner aux Medailles
Latines vne inscription & datte Grecques, qui a autour de l'effigie de Trajan cette inscription Latine, IMP. CÆS. TRA-
IAN. AVG. PM. TR. P. PP. PROCOS. Certes cela n'est
pas excusable de soy. Mais il l'est encore beaucoup moins à
toy, qui entreprends sur la qualité de Censeur, pour contrero-
ler ledit sieur de St Amant , au lieu d'approuuer que ce soit le
mot de LIBERTAS que ces lettres designent. Et ce qui fait
encore plus apertement voir ta stupidité , est , que l'inscription
susdite, qu'*Orco* a rapportée dãs les premiers rangs des Medailles de Trajan, manifeste que ce Medaillon auoit esté frappé en
la premiere année de son Empire. Mais ton extrauagance n'en
est pas demeurée là : Car en suite tu veux combattre cette interpretation par vne aussi fausse induction ; disant , qu'encore
que la coniecture dudit sieur fust bonne : qu'en tout cas, il n'y
faudroit pas seulement LIBERTAS ; ny LIBERTAS VE-
NANDI RESTITVTA, mais VENATIO RESTITVTA,
qui est vn fantosme aussi vain que ton esprit, que tu te forme à
combattre. Car ledit sieur n'a pas fait mention aucune dans
toute son obseruation de ces imaginaires inscriptions ; cette
imposture estant autant punissable que digne de risée, de ce que
tu adiouste que ces inscriptions ne seroient pas Latines, veu
que ce seroient des termes Latins tres-bons & tres-receuables,
& qui peut-estre ne sont pas du stile d'*Asinius Bellua*, ou *Bestia*,
Mais certes, qui le sont de ceux de Ciceron & de Quintilian:
puisque *Libertas* est definie par le premier , l. 1. de ses Offices,
& en ses Paradoxes, *potestas viuendi vt velis*. Ainsi le dernier
l'employe elegamment, quand il dit que *libertas testamentorum*
Iure est prohibita. Mais il y a mille autres exemples de cela dans
les Autheurs anciens, qui ne se peuuent controuerser que par
des ignorants en la langue Latine comme tu es. Mais ce qui te
fait encore remarquer extremement Nouice en la connoissance des inscriptions des Medailles antiques, est (encore qu'il y
ait trente cinq ans que tu as commencé à les manier, décrasser,

& falsifier) que tu ne peux souffrir en vn reuers de Medaille vn demy mot pour inscriptiõ, au lieu d'vn entier. Et encore que tu voudrois qu'il y euft quelqu'autre mot auec celuy de LIBER-TAS. Sur quoy ie te vais faire vne leçon par des preuues con-traires à tes pretenfions: Car fans aller plus loin qu'en la mef-me page de *Occo* où noftre Medaille fe void defcrite, il y a vn reuers où la Prouidence eft feulement exprimée par ce demy mot, PROVID. *Item*, vn autre en la page fuiuante, comme auffi le mot de CLEMENTIA, n'eft defigné au reuers d'vne Med. de Marc-Aurele, que par le demy mot CLEM. Et quant aux mots que tu ne veux pas eftre feuls és infcriptions des Me-dailles, contre la verité de ce qui en eft; tu trouueras les mots feuls de PROVIDENTIA, de SECVRITAS, de CON-CORDIA, FELICITAS, HILARITAS, LÆTITIA, MONETA, PIETAS, VBERTAS, SALVS, & autres, és pages 309. 365. 179. & ailleurs.

Pour le furplus, comme ledit fieur a tellement prouué les raifons de fes Explications, que perfonne n'a douté cy-deuant qu'il n'ait trouué les veritables fuiets de ce que les reuers de Trajan contiennent; & que pour ton regard, qui n'as aucun raifonnement receuable en toutes tes coniectures, que tu em-ploye ordinairement de trauers, au lieu de fuiure le droit fil, c'eft abufer de la patience du Lecteur de s'amufer apres. Ie me con-tenteray de t'aduertir que tu n'aye plus à te feruir des paffages & infcriptions employées par ledit fieur dans fes œuures, pour apporter quelque ornement à tes extrauagances: car les pier-reries ne font pas en leur luftre aux doigts des Bouuiers. Et que pour conclure ie veux que tu apprennes encore de luy, que Bacchus, qui n'eft en aucune maniere reprefenté ny vifible és reuers de ces deux Medailles, non pas mefme par aucune cho-fe qui y foit reprefentée qui le defigne, ou qui luy puiffe rap-porter ou appartenir, ne peut encore s'aiufter auec vne Diane Lucine ou Lucifere, qui eft la ἐλεύθια des Grecs. Eftant d'ail-leurs fans aucune apparence d'appliquer l'infcription de LIB. à Bacchus. Car iamais il ne fe trouue qu'és infcriptions des Medailles il fe rencontre fimplement defigné par le feul nom de LIBERO, fans epithete ou adiectif, ainfi, LIBERO PATRI,

ou bien, LIBERO P. CONSERVAT. AVG. Comme tu en
as peu voir quelques vnes dans *Occo*, & ailleurs, & mesme dans
les Commentaires dudit sieur, particulierement en vne Medaille de Commode. Pour le regard de Diane & de son flambeau,
sçache qu'elle ne se peut appliquer à ce que tu dis de la gloire
de Trajan, qui estoit lors decedé : Dautant que les Deesses ne
sont employées en ces marques de gloire és Medailles des Empereurs, mais seulement en celles des Imperatrices ; & qu'en
qualité de Lucifere, Lucine, Ilithya, & Venatrice, elle presi-
doit és naissances des hommes, & tout ensemble és parts des
animaux de toutes especes, particulierement des Chiennes:
comme Oppian le fait voir l. 3. de son Cynegetique ; & *Pausa-*
nias l. 7. p. 443. Mais particulierement les Autheurs que ledit
sieur a citez auec leurs passages sur vne Medaille Grecque de
Sabine, Tome premier, p. 535. En sorte, qu'elle se voyoit comme en cette Medaille, portant vn flambeau, ayant vn Chien
aupres d'elle, en la statuë faite par Praxiteles prés d'Anticyre
en la Phocide, comme *Pausanias* le remarque l. x. p. 683.

Contre la Censure XVIII. de l'explication des Medailles
d'Hadrian, de Diuis parentibus, *du Croissant, &*
auec les mots Hilaritas P. R.

VOicy vne grande moisson d'erreurs que ton *Asinius Bel-*
lua ou *Bestia* presente à ma faucille, dans l'esperance toutefois que ce sera vne sorte de meslange qui te doit & à luy produire vne bonne semence d'honneur pour recompense de ses
labeurs. Mais certes, comme ce n'est que de l'yuroie de fausses
& ineptes imaginations, tu n'en recueilleras que du des-hon-
neur. Car ie te vais faire voir en premier lieu au nom dudit
sieur Tristan, qu'il ne faut autre raison pour aneantir ta coniecture sur le type du Croissant de la Lune, enfermant les 7. Estoiles au reuers d'Hadrian, que la Medaille de la famille LVCRE-
TIA, qui a pour inscription L. LVCRETI TRIO ; laquelle
tu rapporte, pour authoriser la nouuelle imagination que tu as
qu'elle

qu'elle donne rencontre d'intelligence auec celle-cy, parce
que Trajan en auoit restitué la memoire par vne autre Medaille
qu'il fit battre auec vn reuers pareil, & que par cette restitution,
il faut qu'Hadrian ait appliqué son type pour designer la Deïfi-
cation de Trajan & de Plotine : Ce qui se va destruire icy en peu
de mots. En premier lieu, parce que si cela estoit, ces Astres de-
signeroient tout le contraire de tes pensées : car *Fuluius Vrsinus*
a expliqué (& cela iudicieusement) ce reuers de la famille *Lu-*
cretia, à contre-sens de l'explication que tu luy veux donner.
De plus, cette sorte de reuers n'est pas particuliere à cette famille : car elle est encore commune auec celle de *Claudia*, &
mesme auec celle d'*Aquilia*. Encore qu'en celle-cy la Lune y
soit representée differemment ; ainsi que le mesme *Vrsinus* te le
fera voir : Et partant il est ridicule de conclure par la consequence de cette Medaille Consulaire, que le reuers d'Hadrian soit
le symbole de la consecration de Trajan & de Plotine : Mais
neantmoins, ie ne veux pas que cette discordāce, empesche que
ie ne tombe d'accord, que ces 7. astres n'ayent peu auoir designé en cette Medaille quelques deïfications : Car ie serois tort
audit sieur de St Amant, puisque c'est luy qui t'en a inspiré la
pensée par son Obseruation, en laquelle ayant remarqué que
cette deuise pouuoit raisonnablement estre prise pour ce qui
concernoit le mariage d'Hadrian & de Sabine, qui luy causa en
partie son adoption, & la succession à l'Empire, par des preuues
que toutes les ruses & les artifices de tes Protocoles ne pour-
ront iamais rabbattre. Il y a adiousté cette pensée coniectura-
le ; que l'on pouuoit aussi prendre cette deuise qui se void en ce
reuers d'Hadrian, de ce Croissant auec 7. Estoiles, pour representer autant d'Ames de la famille Imperiale deïfiées, Sçauoir,
Nerua, Trajan, *Marciana* sa sœur, *Matidia* sa niepce, Hadrian
& Pauline, pere & mere d'Hadrian & de sa sœur Pauline. Et la
Lune estre prise pour Sabine, pour les raisons y representées. De
sorte que l'imagination que ces 7. astres pouuoient designer vne
consecration, n'est pas de ton Genie, mais de celuy dudit sieur ;
Sur quoy toutefois pour pouuoir auoir quelque occasion de le
contrarier, & produire tes raisonnements, tu t'es seruy pour les
fortifier de 8. ou 9. passages, de *Manilius*, de *Valerius Flaccus*, de

R

Claudian, Stace, Virgile, &c. que tu as pillez par cy par là dans les Obseruations dudit sieur de St Amant, depuis son Commentaire sur Iules Cæsar, suiuant ta coustume (mais sans necessité) afin de conclure que cette deuise regardoit la consecration de Trajan & de Plotine, sans considerer qu'il faudroit que tu nous prouuasse que Plotine fust decedée sous son second Consulat ; C'est à dire au commencement de son Empire. Ce qui n'est pas: Car selon que *Dion Cassius* l. 69. remarque son deceds, & les honneurs qu'Hadrian luy rendit, apres auoir parlé de son Cheual Borysthene qu'il aimoit extremement, pour en auoir receu de grands seruices en toutes ses chasses, & auquel il auoit fait eriger vn monument, vne colomne, & vn Epitaphe. (Ce qui arriua apres son passage du Danube, & de ses chasses faites en la Mysie.) Il sera apparent, qu'elle viuoit encore bien auant dans son troisiéme Consulat: comme il se verifie encore facilement par l'ordre des actions memorables d'Hadrian, remarquées par Spartian page 8. faisant mention des honneurs rendus par Hadrian à la memoire de Plotine, par l'erection d'vne superbe Basilique en son honneur, à son retour de son voyage en la Grande-Bretagne dans la Gaule, estant marqué par *Occo* sous l'année de nostre Salut 122. & par *Baronius* 129. auquel temps il y auoit deux ans passez qu'il auoit exercé son troisiéme Consulat. De sorte qu'apertement cette Consecration n'auoit peu auoir esté faite au second Consulat, ce qui iustifie la vanité & l'erreur de ton imagination. Mais il y a vne autre consideration concernant la Medaille d'or que tu employe pour ta coniecture, où il y a DIVIS PARENTIBVS ; qui te doit instruire sur ce suiet, & corriger ta Censure par vne autre preuue manifeste. Qui est, que l'inscription entiere de la Medaille est seulement HADRIANVS AVGVSTVS PP. DIVIS PARENTIBVS COS. II. Et qui marquent que cet honneur rendu à ces deux siens parents, le fut dés la premiere année de son establissement dans l'Empire, entrant dans son secod Consulat. Et que cette inscriptiō est sans le titre ordinaire de TR. POT. par lequel les Empereurs designoient les années de leur Empire. De sorte que lors qu'ils ne marquoient pas le nombre de II. en leurs inscriptions; c'est à dire *secundùm* : Il faloit necessairement conclure quils

estoient encore dans leur premiere année. De sorte que contre
ton imagination, & de celle de ton Protocole, il faut necessairement inferer de là, que ces 2. effigies representent veritablement le pere & la mere d'Hadrian; C'est à dire de HADRIA-
NVS surnommé AFER & Pauline. Et à la verité, ny l'vn ny
l'autre ne ressemblẽt à Trajan ny à Plotine, leurs traits de visage
estants tous differents: quelque opiniastreté que tu apporte
pour authoriser ton inaduertance, & celle d'*Occo*, & de *Hemelarius*. Ce terme de PARENTIBVS estant d'ailleurs plus propre & plus veritable pour designer les pere & mere d'Hadrian
qui l'auoient engendré, que pour exprimer ceux qui ne l'e-
stoient que par raison de son adoption.

Il ne reste plus que ta Censure, concernant l'inscription, type,
& explication de HILARITAS P. R. qui est la quinziéme Medaille d'Hadrian que i'ay expliqué; mais que ton mauuais Genie te fait choisir entre tant d'autres, pour en receuoir vn plus
notable confusion. Car en premier lieu, *Bouino*, ie te demande
si tu t'es trouué sous l'Empire de ce Monarque Romain, dans
son Palais, & en tous ses voyages qu'il fit par tous ses Estats,
pour auoir peu obseruer tous les moments des temps ausquels
Sabine eust, à la mode des femmes les plus steriles, souuent des
apparences de grossesse, & d'auoir conceu? & qui souuent se
trouuent n'estre que des moles & des mauuais germes. Or comme les apparences de ces choses que l'on prend souuent pour
veritables conceptions, mais auec mauuais succez, arriuent ordinairement auec plus de bruit dans les Maisons Royales, est il
pas vray que tout le monde y prend souuent par flatterie & complaisance ces tels quels bruits pour veritables effets, auant que
l'on en puisse auoir quelque certitude infaillible? Estant aussi
vray-semblable, qu'ils se fussent precipitez en ces rencontres
d'en tesmoigner leurs allegresses & resiouïssances par ces Monnoyes frappées par decret du Senat pour complaire au Prince:
(Car Hadrian souhaittoit extremement de pouuoir auoir des
enfans heritiers de son Empire.) Cela estant tout ordinaire que
les Peuples prennent les euenements des enfantements des
Princesses, les naissances des Princes, les victoires, & les fertili-
tez des années, par leurs voeux; & en exprimant les marques

publiquement par leur gayeté, leurs entretiens, & par leurs actions. Dautant que pour le regard des Imperatrices, lors qu'elles accouchoient des heritiers à l'Empire, il se faisoit des largesses au peuple, appellants cette naissance d'enfans *Hila-ritatem & Lætitiam*. Cette ioye au reste que causoient ces naissances d'enfans, ou attenduës & esperées, ou arriuées mesme és familles communes, estant ainsi entenduë Stace l. 4. de ses Boscages, Poëme 8.

> *Macte quod & proles tibi sæpius aucta virili*
> *Robore, se iuueni lætam dat virgo parenti*

Et puis encore par les vers suiuants.

> *Tanta ne me decuit vulgari gaudia fama,*
> *Noscere cum tibi vagiret tertius infans.*

Qui regardent par mesme moyen le droit de trois enfans, *Ius trium liberorum*, estably en faueur des peres & meres qui auoient trois enfans, par les Empereurs, pour encourager la ieunesse Romaine de se marier.

Mais reuenons à ce que dessus. Tous les symboles de l'Eternité que tu vois és reuers de Tite, Domitian, Trajan, Hadrian, & autres, representent-ils vne asseurace venuë des Cieux, qu'ils estoient eternels, ou que leur Empire n'auroit point de fin? Les Statuës & les Monnoyes frappées sous ces titres n'estoient-ils pas de cette qualité? Ne vois-tu pas que Trajan au commencement de son Empire est qualifié en vne Medaille IMPERATOR PERPETVVS? Et neantmoins ce n'estoit qu'vn souhait qu'il le peust estre, à cause de sa valeur & de sa bonté. Que diras tu de Sabine? mesme qui est qualifié *Venus Genitrix* en vne Medaille d'or. Et toutefois elle fut bien esloignée de la fecondité de Venus, puis qu'elle estoit sterile. Il en est de mesme de Lucille femme de *L. Verus*, qui a en son reuers SECVRITAS, selon *Pierius & Occo* ; la representans tenant vn enfant en son sein, & deux autres auprès d'elle, & neantmoins, elle n'eut point d'enfans de luy ; & en vn autre encore FECVNDITAS, qui la represente aussi ayant des enfans auprès d'elle. Le reuers de Crispine qui a pour inscription DIS GENITALIBVS : De plus, que diras-tu de l'inscription de CONCORDIA, qui se void en plusieurs Medailles de Sabine sous sa representation,

&

& auec les attributs de cette Deeffe, comme fi elle eftoit la
Concorde mefme. Et neantmoins, il n'y eut iamais d'vnion entre Hadrian & elle, côme tu l'aduoüe toy-mefme. Nous voyons
d'autres infcriptions, comme de VICTORIA AVG. & de
SÆCVLI FELICITAS és Medailles de quelques Empereurs,
qui n'auoient encore lors peu auoir gaigné aucune victoire, ny
peu auoir rendu leur fiecle plus heureux ; comme nous le voyós
és Medailles de *Aurelius Marius* Tyran fous Galien. Mais particulierement le Medaillon de Iouian rapporté par *Baronius*
du Cabinet des Medailles de *Ligorius* & de *Lælio Pafcalini* eft
remarquable ; ou il y a ADVENTVS AVG. ROMÆ. Car
ayant efté frappé à Rome, ils y prenoient fon retour & fon en-
trée, comme déf-ia prefents, quoy qu'il fuft encore en Afie.
Et en fuite, celle qui eft rapportée par le mefme *Baronius* au
mefme endroit, manifefte cela parfaitement. Car elle a en fon
reuers VICTORIA AVGVSTI, reprefentant vn *Labarum*
crucigere auec deux Captifs : Et toutefois chacun fçait combien il fe trouua apres la mort de Iulian, en vn eftat bien efloi-
gné de pouuoir vaincre les Perfes, defquels il fut forcé d'ache-
pter la Paix pour fauuer fon armée d'vne ruine inéuitable. Ce
qui a auffi vn grand rapport à la fabrique de la Medaille de Macrin, qui a pour reuers VICTORIA PARTHICA autour d'v-
ne Victoire qui efcrit fur vn bouclier. Eftant certain, felon les
Hiftoriens, que non feulement Macrin fut contraint apres auoir
efté mal traitté par les Parthes de rachepter la paix d'eux, mais
mefme de reparer les dommages qu'ils auoient receus de *Ca-*
racalla. Enfin toutes ces deuifes eftoient plus ordinairement
des vœux & des efperances pour le futur, que des preuues des
chofes arriuées au temps de la fabrique des Medailles qui les
contiennent, ainfi qu'il le faut entendre de ce reuers d'Hadrian.
Car pour le regard de la Medaille de *Didia Clara*, fille de *Di-*
dius Iulianus, n eft ce pas vne manifefte abfurdité à toy & à
ton confeil de vouloir que fon infcription de HILARITAS
TEMPORVM defigne l'allegreffe du peuple, procedante,
non de la fecondité, mais de l'abôdance, & de la victoire ; dont
(ce dis-tu) la palme & la corne d'abondance font les fymboles?
Certes, c'eft auoir l'efprit bien ftupide, de raifonner comme

S

cela : Car dy nous, *Bouino*, quelle victoire, quelle abondance, & autres suiets d'alegresse du peuple, pouuoient estre arriuez au tres-miserable & tres infortuné petit Empire de Iulian, de deux mois six iours, renfermé si honteusement dans ses limites, & presque affamé ; auec mille & mille alarmes, qu'à peine auoit-il la tierce partie du peuple Romain qui luy rendist obeïssance ? Et puis, à quel propos de marquer tout cela pour deuise, plutost au reuers de sa fille, qu'au sien ? Mais il faut que tu sçache, que Iulian n'ayant point d'heritier de son chef pour luy pouuoir succeder ; si tost qu'il se vit declaré Empereur, la maria, pour en auoir par ce moyen, au moins de son sang, & fit largesse au peuple à l'ordinaire ; en cette consideration, qui est ce qui est designé par cette inscription de HILARITAS TEMPORVM, en cette Medaille de *Didia Clara*. Ce qu'estant veritable, n'est ce pas vne grande absurdité à toy de penser nous pouuoir faire passer tes inepties pour des Oracles ? lesquelles tu nous faits voir estre veritablement prononcées *è culina tua, quæ cortina tua est.*

Contre la Censure XIX. concernant vne Medaille d'Antonin, & contre l'epithete de Tranquillus, *attribué imprudemment pour surnom à Nerua.*

C'Est merueille de voir icy la peine que tu prends, *Bouino*, auec ton Pedát ou ton Protocole, pour soustenir vne mauuaise interpretation de ces vers de Claudian, en son Panegyrique du sixiéme Consulat d'*Honorius.*

Hic proles atauum deducens Ælia Neruam,
Tranquillique Pij , bellatoresque Seueri.

Voulant à toute force nous persuader que cét epithete de *Tranquillus* ait esté vn surnom receu de *Nerua* par Antonin, comme descendu de luy par adoption, contre le sentiment dudit sieur Tristan, expliquant la Medaille de ce dernier, qui a pour inscription en son reuers, TRANQVILLITAS AVG. Et pour authoriser ce surnom pretendu, tu rapporte cette Obseruation

de Lipſe ſur ce paſſage du Panegyrique de Pline ; *Imperator, &*
parens generis humani, obſeſſus, captus, incluſus, ablata mitiſſimo ſeni
ſeruandorum hominum poteſtas. Lipſe. *Ideò cognomento Tranquil-*
lus dictus. Panegyricus Theodoſio. Quando me Nerua tranquillus,
amor generis humani Titus, pietate memorabilis Antoninus teneret.
Sidonius Apollinaris Carmine 7.

> *Poſtquam tranquillus vix me mihi reddere Nerua*
> *Cœpit* ——— — ——— —

Et Claudianus, &c. En ſuite tu rapporte le contraire aduis de
Barthius, lequel reprenant ſur ces vers de Claudian l'opinion
de Lipſe, y lit ſans virgule apres le mot de *tranquilli* tout de ſuite, *tranquillique Pii*. Qui eſt, à la verité, la vraye & ſincere lecture de ce vers : Sur quoy, pour te faire paroiſtre plus iudicieux
que *Barthius*, & pour contrarier ledit ſieur de St Amant par
compagnie, tu tire la plus ridicule preuue du monde, qu'en effet *Nerua* euſt eſté ſurnommé *Tranquillus* ; Parce que, ce dis-
tu, que c'euſt eſté par inaduertance que Claudian euſt donné
deux ſurnoms aux Antonins en vn meſme vers. Mais qu'il faut,
ſelon ton opinion Bouine, entendre ce *Tranquilli* auec virgule,
pour deſigner *Nerua* par ce mot, & lire

> *Tranquillique, Pii, Bellatoreſque Seueri.*

D'autant, *Bouino*, que tu eſtime, ou ton Protocole, que ce Poëte
a voulu mettre par ordre toute la ſuite Genealogique des
Empereurs deſcendus de *Nerua* par adoption, afin de
les deſigner par leurs ſurnoms ; & que meſme Trajan y eſt
deſigné & compris par le ſurnom pretendu de *Bellator*, y
liſant, *Bellatoriſque, Seueri*. Détachant le nom pluriel de
Seueri, de l'epithete de *bellatores*, corrompant le nomina-
tif pluriel de ce mot en luy ſubſtituant vn genitif ſingu-
lier. Ainſi, faiſant deux ou trois fautes groſſieres : La premiere,
en prenant *bellatoris* pour le ſurnom de Trajan : La ſeconde, en
corrompant l'epithete de *bellatores*, pour en faire le fantaſtique
ſurnom de *Bellatoris* ; Et la troiſiéme, en priuant les Seueres de
l'epithete de *Bellatores* qui leur appartenoit. Et tout cela manifeſtement contre l'intention de Claudian.

Ce que ie pretends verifier intelligiblement, apres t'auoir aduerty en premier lieu que Claudian n'a pas nommé Trajan ny

Hadrian, apres auoir parlé de *Nerua*, dautant qu'il a eſtimé qu'ayant commencé la deduction de la famille & genealogie adoptiue, il luy ſembloit auoir aſſez ſuffiſamment deſigné Traian d'auoir nommé *Nerua*; parce que Traian continua de porter auſſi ſon nom auec le ſien, eſtant deuenu ſon fils & ſon ſucceſſeur par adoption. Et que pour le regard d'Hadrian; ayant dit que la famille Æliane eſtoit deſcenduë de *Nerua*, c'eſt à dire, par adoption, à cauſe que Traian l'adopta, comme luy meſme l'auoit eſté par *Nerua*, il creut auoir aſſez fait connoiſtre Hadrian ſans le nommer. Parce que ce fut luy, par lequel ſes ſucceſſeurs à l'Empire receurent le nom de la famille Æliane, dont il eſtoit : Car il s'appelloit *Titus Ælius Hadrianus*. Mais pour ſes ſucceſſeurs, il creut les deuoir faire connoiſtre plus intelligiblement. C'eſt pourquoy il les deſigna; ſçauoir Antonin, Marc-Aurele, & Commode, par l'epithete qui eſtoit ioint à leurs ſurnoms de *Pii*, qui eſtoit *tranquilli*. C'eſt donc ce que ces mots de *tranquillique Pii* repreſentent en ce vers, les appellant *tranquillos Pios*; Sçauoir *tranquillos*, à cauſe de la grande douceur, clemence, humanité, & quietude d'Antonin, dont le regne auoit eſté pacifique, & ſans effuſion de ſang; Et *Pios*, parce que ce ſurnom luy auoit eſté deferé par le Senat, & d'vn conſentement vniuerſel de tous les Romains, pour les raiſons rapportées par les Hiſtoriens. Marc Aurele le reteint auſſi, comme quelques inſcriptions le font voir, & Commode en herita : Car les mœurs toutes prudentes, ſages, moderées, & toutes Philoſophiques de Marc Aurele, meriterent bien qu'il fut auſſi honoré par Claudian de l'epithete de *tranquillus*, coniointement auec Antonin : Commode ne l'ayant pas reçeu ny continué en luy par merite (quoy que ſon Empire n'euſt pas eſté affligé ny agité de guerres) mais par heritage, ſucceſſion, & bien ſeance. Reſte donc à conclure, qu'en l'autre moitié du vers de Claudian

—————————————— *bellatoreſque Seueri.*

l'adiectif de *bellatores* ne ſe doit pas ſeparer par vne virgule, de *Seueri* : Car il entend honorer de cet epithete, *Septimius Seuerus*; *Caracalla* (qui porta auſſi le prænom de *Seuerus Antoninus*, comme pluſieurs Medailles Grecques le iuſtifient) & *Alexan-*

der

der Seuerus, comme ayants esté fort belliqueux, & guerriers, ainsi que les precedents auoient esté qualifiez *tranquilli*, qui auoient esté plus addonnez aux exercices de la Paix, que de la Guerre. Ce n'est pas que Marc-Aurele ne fust aussi bien digne de l'epithete de *Bellator*. Mais ce qu'il fit la guerre contre les Sarmates & Quades, Marcomanes & Cattes, en vne expedition, ce fut vne entreprise forcée, & non d'inclination, les loix de l'honneur & de la necessité l'y ayants obligé. Apres tout, Traian ne peut auoir part à ces titres & eloges de Claudian, comme tu le reconnois à present; ny que tu luy puisse appliquer cét epithete de *Bellatorisque*, que tu tasche mal adroitement, c'est à dire, en veritable *Bouino*, de substituer à *Bellatoresque*; & d'en faire vn surnom par vne ridicule & inepte demangeaison de dire quelque chose de nouueau, qui se tient miserablement au colet, sans considerer d'ailleurs que Traian ayant precedé les Antonins, ce pretendu surnom ou epithete estant posterieur à leurs titres, ne pouuoit luy appartenir. De sorte qu'il ne s'y faut plus arrester.

Mais retournons à parler de *Nerua*, lequel Lipse inconsiderément, & toy apres luy, auez voulu nous persuader auoit esté surnommé *Tranquillus*, fondants seulement cette imagination sur ce que le Panegyrique Theodosien de *Pacatus* fait ainsi parler Rome. *Quando me Nerua Tranquillus, Amor. generis humani Titus, pietate memorabilis Antoninus teneret.* Sans considerer qu'a-pertement ce Panegyriste luy donne expressément cét epithete, à cause qu'il auoit esté le plus doux, plus humain, & le plus pacifique, tant par nature, qu'à raison de son grand âge, de tous les Empereurs precedents. Et qu'ainsi qu'il le qualifie tranquille, de mesme il honore Tite de l'eloge de Delices du Genre Humain, & qu'Antonin auoit esté renommé par sa pieté. Lequel epithete de *Tranquillus*, luy estoit tellement propre pour raison de sa quietude naturelle; que *Sidonius Apollinaris* le luy a voulu aussi donner, en imitant *Pacatus*. Estant à remarquer, que depuis le siecle de Constantin, cét epithete se trouue estre souuent employé en faueur des Empereurs, dont i'ay rapporté quelques passages, expliquant cette Medaille d'Antonin. Apres tout, si *Nerua* eust eu ce surnom de *Tranquillus*, Pline n'eust pas

T

manqué de le remarquer en ce passage, que Lipse prend suiet
d'employer pour faire son obseruation. *Ablata mitissimo seni
seruandorum hominum potestas.* Car il est certain qu'il eust dit :
*Mitissimo & verè Tranquillô seni, seruandorum hominum pote-
stas.* De sorte que *Barthius* a eu iuste suiet de reprendre Lipse,
& moy encore plus, & tout ensemble manifester les extrauagances que tu y as adioustées par ta presomption & ta vanité,
ayant entassé faute sur faute, sur la sienne.

Contre la *XX.* Censure, concernant le reuers de *Faustine* deifiée.

IL faut icy que ie plaigne ton mal-heur, *Bouino*, dautant que
la complaisance que tu as euë en tes imaginations t'a perdu,
ayant imité le miserable Narcisse, qui s'arrestant trop longue-
ment apres l'admiration d'vne fausse imagination de Beauté, se
noya dans l'obiet qui auoit charmé son amour propre. Car pour
auoir voulu mespriser le merite de l'interpretation que ledit
sieur Tristan auoit donnée contre les Chimeriques imaginations de la deuise de cette Medaille : Tu as si mal employé le
temps à te corriger, qu'au lieu d'en tirer cet auantage, tu as si
opiniastrément arresté ta fantaisie sur le premier iugement que
tu en as fait, qu'au lieu de t'en retirer prudemment, tu t'y es
plus auant plongé & noyé. Mais comme tu respire encore, &
que tu n'es pas encore mort, ie te diray en premier lieu, que le
don de pouuoir deïfier qui il nous a pleu, ne t'ayant esté con-
feré non plus qu'audit sieur Tristan, que par consequent tu
n'as deu trouuer estrange si ie t'en ay repris; parce que tu l'a-
uois fait le premier sans authorité. N'y ayant rien de plus inepte, que de se figurer que le Prin-temps & l'Automne ayent
porté vne Imperatrice dans le Ciel. Sans considerer que ce
transport dans les Cieux ne se pouuoit pas imaginer auoir esté
fait en deux saisons, puisque Faustine ne pouuoit estre decedée qu'vne fois : Et que d'ailleurs sa beauté n'estoit plus dans le
Prin-temps auquel tu la compare, lors de son deceds, mais veritablement en son Couchant; comme y ayant plus de 20. ans
qu'elle estoit mariée lors qu'elle deceda. C'est pourquoy cela

ne se peut imaginer auec apparence de verité : Ioint que les
Heures, c'est à dire les Saisons, n'estoient pas representées ve-
stuës de la sorte que nous voyons l'estre ces deux icunes demy-
Deesses en cette Medaille de Faustine ; mais couronnées de
fleurs & de fruicts differents, selon que les 4. Saisons les four-
nissent chacune à part, dont elles composoient les Couronnes
des Dieux, & tenants des paniers qui en estoient aussi chargez,
ainsi que Dion Chrysostome en sa 30. Oraison, *Nonnus* l. 7. de
ses Dionys. & *Tzetzes* sur le 2. liu. d'Hesiode le remarquent. Et
de plus, que Ouide en ses Fastes les descrit sans ceinture, leurs
vestes ouuertes, vagues & libres, & des corbeilles en leurs mains.

> *Conueniunt pictis incinctæ vestibus Horæ,*
>
> *Inque leues calathos munera nostra legunt.*

Toutes lesquelles descriptions d'ornements & gestes des Heures, ne se rapportent nullement à ce qui s'apperçoit en ces 2.
Heroïnes ou petites Deesses qui sont ceintes & sans courónes
ny corbeilles. Ioint que les Heures ou Saisons estoient 4. Et que
selon Platon par cette raison elles tirent leur denomination ἀπὸ
τȣ δεἰζειν. C'est à dire, parce qu'elles composent, constituent,
& tout ensemble distinguent les Saisons de l'année selon Pindare Ode 31. de ses Olympioniques, & auoient inspiré aux
hommes dés le commencement l'industrie & l'ingeniosité d'in-
uenter les choses vtiles. Et que selon Hesiode en sa Theogonie,
en qualité de εὐνομία, δίκη, εἰρήνη. (Car il n'en reconnoist que
trois :) C'est à dire, la bonne constitution des Loix, la Iustice,
& la Paix, comme estants filles de *Themis* ; ce dit Clement Alexandrin l. 5. & Origene l. 1. contre *Celsus*, de ses Stromates, elles ne sont iamais representées rauissantes les hommes. Au
contraire, elles leur enuoyent selon Theocrite Idyle 15. continuellement quelque chose de bon pour les y retenir.

–––––––––– ––––––– πυθείιαὶ.

Ἔρχονται, πάντεσσι βροτοῖσιν αἰεὶ φορέοντι.

Expectatæ veniunt cunctis mortalibus semper aliquid ferentes. Ce
n'estoit donc pas leur employ, que celuy que tu leur attribuë. Car ce que dit ce Poëte 3. ou 4. vers auparauant (dont tu
n'as rapporté que la version de *Hemsius*, qui toutefois t'a cou-

76

sté pour le moins vn escu de ceux qui le vendent à Rome) est
vn rapt d'*Adonis* tiré des Enfers par l'addresse de *Venus*, mal-gré
Proserpine qui l'aymoit aussi, & se l'estoit approprié, en ayant
differend auec elle par ialousie. Mais ce Poëte ne dit pas,
que ce fut par le Prin-temps & l'Automne, que *Venus* recon-
quit sur Proserpine & de l'Achæron son *Adonis*, mais par les
Heures. De sorte que toutes ces imaginations se trouuent an-
neanties par ces discernements. Estant tout apparent que ces
deux ieunes Iouuencelles qui éleuent Faustine dans les Cieux,
representent les deux Princesses plus proches parentes de
Marc-Aurele & d'elle, decedées auec elle, & constituées par
les ceremonies Romaines propres pour cela, selon leur imagination, en faueur d'Antonin & de Marc Aurele, entre les Heroïnes, Ministres des Deesses destinées par Iupiter à cette
conduite dans le séjour celeste. Tu trouue toutefois cela dou-
teux, à cause que plusieurs des parents des Empereurs n'auoient
pas esté honorées de la sorte, contrerolant sottement ces termes de filles & sœurs des Empereurs Deifiez, & à Deifier. Sur
quoy ie n'ay qu'à te dire pour ton esclarcissement, que cela manifestement s'entend d'Antonin, qui auoit desia esté consacré,
& de Marc-Aurele, viuant encore pour lors, qui ne pouuoit
manquer de l'estre aussi quand il seroit decedé. Et que pour
t'instruire pleinement du surplus, tu n'as qu'à lire curieusement
ce que ledit sieur en a remarqué sur la Medaille dudit Antonin,
qui a pour inscription en son reuers, LÆTITIA AVG.
COS. III. p. 581. Et le contenu de ce qui concerne l'inscription antique de la dedicace faite par le Sophiste Herode
de la statuë de sa femme *Regilla*, dans le Temple basty en
l'honneur de nostre Faustine, femme dudit Marc Aurele, faite
au bourg de *Triopium*.

Contre

Contre la XXII. Cenſure, concernant le Centaure porte-Globe & le Sagittaire, repreſentez és reuers de Galien.

MAis voicy (amy Lecteur) le Centaure Hippanthrope *Bouino*, qui murmurant quelque choſe de barbare, menaſſe ledit ſieur de St Amant l'arc bandé & vne fleche deſſus, de le percer de part en part, & encore apres luy, tous ceux qui l'ont gauſſé : Dont le nombre eſgale celuy des ſçauants, iudicieux & intelligents, entre les hommes de bons ſens, dont Rome & l'Italie abondent. Tous leſquels cét ignorant qualifie arrogamment, adherants dudit ſieur. Mais certes, ie le vay bien deſarmer, & luy faire voir qu'il n'eſt pas vn Chiron, mais vn veritable *Hippobouino*, ſeulement ; en addreſſant à luy-meſme ces veritez.

Bouino, Il n'y a celuy en Italie qui ait leu, ou oüy l'excuſe que tu employe ſur le ſuiet de ta ridicule remarque, concernant le Centaure, qui n'admire ta ſtupidité, & qui ne trouue que tu euſſe mieux fait d'en confeſſer l'erreur, que d'auoir taſché d'en excuſer ſi lourdement l'extrauagance. Cependant tu n'en es pas demeuré là ; mais tu as encore eu l'audace de contre-dire ledit ſieur de St Amant, & de ſouſtenir qu'il a failly d'auoir dit que ce Sagittaire marquoit que Galien fuſt eſtimé meilleur Archer à cheual, & plus adroit que les Perſes & les Parthes, qui auoient la reputation d'eſtre les plus adroits, en cette ſorte de combat, de tous les peuples Orientaux ; comme ayant receu cette vertu d'Apollon, & de ce Signe. Ta raiſon eſtant que le Sagittaire repreſente Apollon ; non par la ſeule raiſon de ſon addreſſe en l'art de tirer de l'arc, mais par la Medecine, & par le ſon de la Lyre, citant ces vers de *Sidonius Apollinaris* pour cette admirable imagination.

> *Quorum hic Peliacô ſrutatur antro,*
> *Venatu, ſidibus, palæſtra & herbis*
> *Sub Saturnigena ſene inſtitutus.*

V

Lefquels vers, en verité, te doiuent faire rougir de honte, de les
auoir employez pour cette preuue. Car en premier lieu (fans
m'arrefter à ce barbare mot de *frutatur*, que tu as fubftitué bar-
barement à *putatur*,) *Apollinaris Sidonius* fait feulement mention en cét endroit d'Achille inftruit par Chiron fils de Saturne & de *Philyra*, à iouer du Siftre, à Luitter, à Chaffer, & à
connoiftre les Simples. Et non pas par Apollon. En fecond lieu,
il ne fe void en cét Hieroglyphique, aucune Lyre, Ceftes de Pugile, ny herbe : Mais feulement vn arc & vne flecche, dont le Sagittaire fe fert, comme vn Apollon Propugnateur, ainfi qu'il eft
reprefenté faire au reuers des Medailles de Valerian, pere de
Galien, & par confequent, Conferuateur, les Romains flattants
Galien, à caufe que ce Signe eftoit vray-femblablement le Signe afcendant fur fa naiffance (comme auffi *Hemelarius* l'a iu-
dicieufement conieéturé) & par rencontre de ce qu'il auoit
pour principaux ennemis les Perfes, les plus adroits Archers de
l'Orient (côme dit eft)voulurêt en cette Medaille le faire paffer
en croyâce parmy les Peuples, qu'il eftoit le Sagittaire mefme, &
en cette qualité protegé particulieremêt d'Apollô fous la Tute-
le duquel ce Signe celefte eftoit, qui le rendroit viétorieux par
tout, le côferuât & fortifiant de fon affiftâce. Ce que fa Medaille
qui a pour reuers vn Sagittaire auec l'infcription de LEG. II.
PARTH. que ledit fieur a expliquée apres celle-cy en fes Com-
mentaites, iuftifie parfaitement. Surquoy, le Leéteur verra,
s'il luy plaift, ce qu'il a curieufement adioufté pour preuue, en
l'expliquant. Car tu tronques, *Bouino*, tellement le texte dudit
fieur pour l'accommoder aux deffeins de ta Cenfure, que l'on
nevoid iamais fur ta relation autre chofe, que ce qui eft le moins
neceffaire d'y eftre leu. Te donnant bien de garde de rapporter
ce que ledit fieur remarque pour conclufion à fes raifonnemêts.

Apres cela, il refte à te faire voir, combien tu t'es mefpris en
gauchiffant obliquement fur ce qui concerne l'infcription de
APOLLINI CONSERVATORI, & mentant direétement,
en ce que tu affeure contre verité, que *Capitolinus* ayt fait mention des diuers animaux, que tu t'imagines auoir efté menez en
vne folemnité pompeufe ordonnée par Galien, & pour l'effet
que tu auance imprudemment, concernant fa conferuation

contre la peſte ; Car cela ne ſe trouuera en aucun endroit de cét Hiſtorien, qui d'ailleurs n'a pas eſcrit les Vies de Valerian ny de Galien : Mais bien *Trebellius Pollio*, lequel ne fait non plus aucune mention de cela. Ce n'eſt pas que le paſſage que tu as rapporté ne ſoit veritable ; mais il eſt de *Pollio*, & non pas de *Capitolinus*, & ne ſert de rien à autre choſe, que pour faire voit au naturel ton ignorance, & que celuy qui te l'a vendu, t'a trompé, comme ie le vay verifier apres l'auoir repeté icy. *Pax igitur Deûm quæſita, inſpectis Sibyllæ Libris, factumque Ioui Salutari, vt præceptum fuerat, ſacrificium. Nam & peſtilentia tanta exſtiterat vel Romæ, vel in Achaicis vrbibus, vt vno die quinque millia hominum pari morbo perirent.* Ce qu'il remarque apres auoir rapporté les prodiges eſpouuantables menaçants l'Empire Romain. Sur quoy ie te demande, ô *Bouino*, de quel front tu oſe nous aſſeurer que ce fut pour ce ſuiet que cette pretenduë Pompe & ſpectacle d'animaux fut faite ? Car il eſt non ſeulement veritable, que les ſacrifices de cette qualité, employez pour taſcher à appaiſer l'ire de leurs Dieux, en des rencontres de calamitez ſi funeſtes, n'eſtoient pas ſuiuis ny accompagnez de telles folies. Mais meſme Galien ne fit lors paſſer deuant le peuple aucune pompe de quelque choſe que ce fuſt. Ce n'eſt pas que ce Prince eſtant fort adonné à ſes plaiſirs, & aux diuertiſſements du Cirque, és Chaſſes, Combats de gladiateurs, & de Comedies, n'euſt auparauant cela fait voir ſa folie en ces paſſe-temps : Mais ce fut en vn autre temps plus calme & plus ſerein, & pour tous autres ſuiets ; comme il auoit fait lors qu'il eut nouuelles des victoires obtenuës contre les Perſes, par le braue & magnanime *Odenathus* ; & qu'il eut auſſi appris que les Macrians pere & fils, & *Quietus*, auoient eſté deffaits & tuez par ſes Lieutenants, en Orient, où ils auoient eſté creez contre luy : Car lors, *Quaſi ſecurus rerum* (ce dit *Pollio*,) *ludos Circenſes, ludoſque ſcenicos, ludos gymnicos, ludicram etiam venationem, & ludos gladiatorios dedit; Populumque quaſi victorialibus diebus ad feſtiuitatem & plauſum vocauit.* La ſeconde fois fut apres ſon retour de Byzance, où il s'eſtoit vangé de la reuolte qui s'y eſtoit eſmeuë auec grand maſſacre. Car lors entr'autres paſſe-temps de Ieux qu'il fit à Rome, *Proceſſerunt*, ce dit cet Hiſtorien, *centeni albi boues, cor-*

nibus auro iugatis , & dorſualibus ſericis diſcoloribus præfulgentes.
Agnæ candentes ab vtraque parte CC. præceſſerunt , & x. Elephan-
ti, Mille ducenti gladiatores pompaliter ornati cum auratis veſtibus
matronarum, &c. Mais ces vanitez non ſeulement ruineuſes en
deſpenſe, & criminelles par conſequent, mais meſme plus dignes d'attirer tout mal-heur ſur luy, & le fleau de la vengeance
Diuine ſur ſon Empire, n'ont certes aucun rencontre auec ce
que tu nous veux perſuader par les tortuoſitez de tes imaginations bourruës, leſquelles tu ne fonde que ſur des oüy-dire , &
ſur des faux teſmoignages & citations obliques que tes ven-
deurs de lieux communs te fourniſſent à faux titre. Car cét
epithete de CONSERVATOR en Apollon, ne concerne nullement ſous la repreſentation du Sagittaire ce que l'epithete
de SALVTARIS deſigne: Car l'vn regarde la conſeruation
& deffenſe ou protection deGalien & de l'Empire Romain par
Apollon, ainſi que le IVPITER PROPVGNATOR par le
geſte de ſon foudre en la Medaille de Maximian, que toy meſme as rapportee dans ton liure, & ſelon mon ſens. Et celuy de
SALVTARIS regarde principalement la ſanté de Galien &
celle de ſes ſuiets mis ſous ſa ſauue-garde, durant vne ſi funeſte
& ſi inueterée contagion; comme ledit ſieur de St Amant l'a
fait voir ſur la troiſiéme Medaille de *Treboniam Gallus*, & ſur
la deuxiéme Medaille de Galien meſme, qui repreſente Apollon nud & debout, tenant vn rameau de laurier aupres de ſon
Tre-pied, auec l'inſcription de SALVS AVG. qui eſtoit l'*A-*
pollo Medicus, lequel, ſelon Macrobe l. 1 de ſes Saturnales, ch.
17. eſtoit inuoqué par les Romains en leurs Hymnes & Sacri-
fices ſous cét epithete, & ſous celuy de *Soſpitalis.* Les Veſtales
l'innoquants ainſi, *Apollo Medice, Apollo Pæan,* comme ledit
ſieur Triſtan l'a curieuſement remarqué, expliquant le reuers
de ladite Medaille de *Gallus,* & ſur celle de Galien, où il a fait
voir que Hippocrate iure en ſa Preface par cét Apollon Mede-
cin, par Eſculape, & par *Hygia* & Panacée. Ce n'eſt pas que
par ſon arc & ſes fleſches ne ſoit deſignée *Vis emiſſa radiorum,*
quæ peſtiferum virus immittat, vel arceat & purget calore temperato.
Mais pour deſigner ce qui eſt le plus fauorable, ſçauoir de purger l'air, & rendre la ſanté aux hommes, il n'auroit pas eſté repreſenté

preſentée en Cẽtaure Sagittaire, cette partie Cheualine du
Sagittaire n'ayant rien de commun auec la faculté diuine & celeſte de guerir. Partant, tu dois éuiter à l'aduenir les tortuoſitez obliques de telles applications, & ſuiure ſi tu le peux, le vray
ſens bien authoriſé, comme fait vtilement & iudicieuſement
ledit ſieur Triſtan.

Contre l'interpretation que Bouino *a donnée à l'inſcription*
VCRIMDR. *qui accompagne le nom de*
Vabalathus *en ſa Medaille.*

P Viſque l'epithete que les Medailles des Centaures t'auoiẽt
fait accorder, t'a mis en ſi mauuaiſe humeur, qu'il t'a fait faire vn libelle contre ledit ſieur Triſtan, qui t'a donné 4. ou 5. ans
d'exercice à le compoſer : Ie ſuis d'aduis de te le changer & te
donner celuy d'onoſandre. Car tu ne fus iamais bon homme
de cheual; Et que d'ailleurs il y a vn plus agreable rencontre
auec *Aſinius Bellua*, & auec la ſotte & groſſiere deffenſe que tu
as fabriquée contre la legitime cenſure que ledit ſieur auoit
faite de ta ridicule interpretation de l'inſcrip. de VCRIMDR.
que tu as tronquée & ponctuée à ta mode en la Medaille de *Va-*
balathus, laquelle tu nous veux encore brutalement perſuader
ſe deuoir interpreter REGNVM INVICTO MAGNO
DOMITV RESTITVIT; qui en verité eſt vne extrauagance
non ſeulement la plus Bouine, mais certes, la plus Aſinine que
l'on puiſſe s'imaginer. Car en ce faiſant tu laiſſe les deux premieres lettres VC. qui compoſent le mot VCRIM, garder ton
frere à la porte. Ayant l'effronterie dans ton ignorance de ſouſtenir, que chacune des lettres qui compoſent ce mot a ſa ponctuation particuliere. Qui eſt en premier lieu, vne fauſſeté, &
vne impoſture dignes de chaſtimẽt: Car non ſeulement ce mot
VCRIM eſt continu & ſans ponctuation aucune, en 4. ou 5.
Medailles qui ſe rencontrent dans autant de Cabinets de Paris : comme auſſi en trois autres fort nettes & bien conſeruées,
que ledit ſieur m'a laiſſées dans ſon Cabinet, où il y a preciſé-

X

ment & nettement sans aucune ponctuation VCRIM DR. En
sorte que toute autre lecture est fausse & frauduleuse. Tous les
Antiquaires s'estonnants de ton effronterie, de vouloir soustenir vne telle absurdité, en falsifiant par tes fausses & ridicules
ponctuations cette inscription, sans auoir mesme donné aucune interpretation à ces deux premieres lettres VC. auec les autres. Et que pour le reste tu nous donne pour preuue de ta pensée toute Bouine & Asinine, que *Regnum inuicto magno* se doiue prendre pour Aurelian, à cause que ces deux Epithetes se
rencontrent dans les inscriptions antiques, qui est vne consequence tout à fait inepte. Car ces mesmes Epithetes sont communs à plus d'vne douzaine d'autres Empereurs ; mais iamais
sous des lettres vniques. M'estonnant que tu n'as aussi par consequent plustost expliqué cette lettre D. pour DOMITIO,
que pour ton ridicule DOMITV. Car Aurelian s'appelloit
Domitius Aurelianus : Mais c'est que ton *Asinius Bestia* ne t'en
auoit pas aduerty ; & que d'ailleurs ce mot de *Domitu* luy a
semblé si rare, que son Calepin ne luy en a sçeu fournir qu'vn
exemple de son employ forcé, & qui est vn barbarisme, & toute
ta lecture aussi en matiere d'inscriptions antiques, & en laquelle
il n'y a ny rime ny raison. Car en premier lieu, il faudroit que
ces 2. premieres lettres VC. signifiassent quelques mots essen-
tiels pour assortir les autres epithetes que tu as mesprisez, toutefois sans raison. Et puis, il ne se trouue en aucune Histoire
ny monument d'Antiquité, que *Vabalathus* ayt restitué à Aurelian aucun Royaume par luy mesme, ny fait restituer par d'autres, par force d'armes, par Traitez, ny autrement, & encore
moins tout l'Orient, comme ton extrauagant esprit se l'est fan-
tasié. Car ce fut cet inuincible Monarque luy mesme en personne, qui s'assujettit valeureusement l'Orient par ses victoires
obtenües sur *Zenobia*, qu'il prit à la fin, & mena en Triomphe à
Rome. Sans qu'en toute cette Guerre il soit rien remarqué
d'aucun exploit executé par *Vabalathus*. Estant veritable d'ailleurs, qu'encore qu'il eust peu auoir ce bon-heur que d'auoir
rendu vn tel seruice à Aurelian & à l'Empire Romain, que
neantmoins il n'auroit pas osé en prendre les titres & les eloges
en vne Medaille frappée par luy à l'honneur de son Empereur.

Car cela euſt eſté vne brauade, & vne iactance trop preſomp-
tueuſes, pour eſtre ſouffertes par vn ſi altier, ſi ſeuere, & ſi magnanime Empereur qu'eſtoit Aurelian.

Que ſi d'ailleurs il eſtoit permis à tout le monde de donner
telle lecture qu'il voudroit ſur chacune lettre d'vne inſcription:
Certes, ledit ſieur Triſtan en pourroit trouuer vne ving-taine
ſur cette Medaille, qui ſeroient iugées plus raiſonnables que la
tienne. Quand ce ne ſeroit que celle-cy, VIR CONSVLA-
RIS ROMANI IMPERII DECVRIO. Car en premier lieu,
ie trouue que les Empereurs Romains gratifioient quelquefois
les Roys & Princes leurs Confederez de la dignité honoraire du
Conſulat, & autres honneurs qui les peuſt rendre plus venera-
bles à leurs peuples: Comme ie remarque qu'il fut fait en faueur de *Soæmus* pareillement Roy de l'Armenie, lequel en
ayant eſté chaſſé par les Parthes, fut premierement creé Sena-
teur Romain, & en ſuite gratifié de la dignité Conſulaire honoraire, & puis en ſuite de nouueau conſtitué Roy de l'Armenie Majeure par Marc-Aurele & *L. Verus.* Ainſi que *Iambli-*
chus l'a remarqué en ſes Babyloniques, ſelon *Photius.* Dont ledit ſieur de St Amant a rapporté le Paſſage en ſon premier Tome, p. 687. Eſtimant qu'il ſe trouueroit encore beaucoup de
pareils exemples en d'autres Princes, ſi nous auions le *Dion Caſ-*
ſius entier, & que le *Dexippus* nous fuſt demeuré, qui particulierement n'auroit manqué de nous apprédre les honneurs receus par *Vabalathus,* de la beneficence de Claude, Tacite, &
Aurelian. Voila pour ce qui concerne les premieres lettres de
cette Inſcription. Et pour le regard de la dignité de Decurion,
Odenathus ſon ayeul l'eſtoit, ſelon *Sextus Rufus,* des Palmyré-
niens, Confederez des Romains, lors qu'il declara la guerre à
Sapor Roy des Perſes, qui retenoit Valerian captif, & qui le
vainquit glorieuſement. Cette dignité luy donnant la ſouuerai-
ne puiſſance ſur cette Nation en la conduite des armées comme Prince (ainſi que *Vopiſcus* l'appelle) des Palmyreniens.
Eſtant croyable, que *Vabalathus* eſtant demeuré en la protection des Romains, contre l'ambition & la haine que *Zenobia*
luy porta hereditairement apres ſon pere decedé, appellé *He-*
rodes ou *Herodianus,* comme c'eſt la couſtume des maraſtres,

retint cette qualité de Decurion & General des armées Romaines, auant qu'Aurelian euft vaincu *Zenobia* ; & que depuis Aurelian luy ayant donné le Royaume d'Armenie Majeure, demeura fidele aux Romains durant toute cette Guerre ; voire mefme qu'il fut honoré depuis du titre d'Empereur. Car ledit fieur Triftan a rapporté des Medailles Grecques en fes Commentaires, efquelles il eft qualifié ΑΥΤΟΚΡΑΤΩΡ, *Imperator*. Ces coniectures dudit fieur eftants fondées fur des veritez d'Hiftoire, valent incomparablement mieux que les tiennes, qui ne font appuyées que fur des fauffes imaginations & raifons heteroclites. La remarque que tô Protocole t'a fournie de ces epithetes Grecs, φειχτὸς ἀήττος, & μέγας, pour *horrende, inuiſte, magne*, eftant veritablement ridicule, & fentant le bouquin de Pedant à pleine bouche. Ioint qu'elles font attribuées auſſi communément à d'autres Dieux, qu'à Iupiter ; comme à Mars, au Soleil, & à Pluton. Deplus, ce mot φειχτὸς n'eft nullement Grec, ny d'aucun Poëte, lequel tourefois ton ignorance nous debite pour φειχτὸς. N'y ayant d'ailleurs rien de commun en ton interpretation de cette Infcription de *Vabalathus* auec ces Dieux.

Voila ce que i'ay trouué à propos d'oppofer à tes Cenfures Bouines, en l'abfence dudit fieur Triftan de St Amant. Ton mal-heur ne fe pouuant aſſez admirer, d'auoir efté plus de cinq ans à fabriquer des Obferuations fi groſſieres & fi ineptes : C'eft à dire, χχ κ̃ κόρακος χακὸν ὥον, qu'il ne m'a falu que fix femaines pour refuter & aneantir ce tres-long & tres penible part d'Heriſſon, auec vn fuccez fi fauorable, qu'il n'y a pas vne feule de tes abfurditez, en la correction defquelles, ie ne t'aye fait parfaitement connoiftre à tes defpens, que ce Prouerbe de *Pifander* dans *Hefychius* fe foit trouué tres-veritable en toy & en ton Protocole. νᾶς δ᾽ ῶ δὲ κεντ αύ ροιᾳν. *Mens non ineft Centauris*. Car ayant entrepris de déprimer la gloire dudit fieur de St Amant ; Ie t'ay fait voir à ta confufion, que non feulement tu t'eftois engagé en vne entreprife qui eftoit au deffus de tes forces, & de celles de ton Afne, mais mefme qui t'a fait reconnoiftre plus ignorant de beaucoup en toutes chofes, que peut eftre l'on auoit eftimé cy deuant. Et neantmoins parce que

que tu eſtime auoir fait merueilles , & que tu chante à Rome
dans la place Nauone le triomphe ſans auoir vaincu. Ie t'y addreſſe vne Couronne compoſée d'autant de chardons, que i'ay
trouué depuis trois iours en liſant ton admirable Hiſtoire, que
tu y as fait de fautes Aſinines. Et par meſme moyen ie donneray
aduis au Public, de ce que i'ay premierement reconnu dans
l'eſtenduë de ton liure Imprimé à Rome l'an 1641. de plus groſſier. Qui eſt, que les Medailles y ſont mal deſſeignées, & encore
plus groſſierement grauées & Imprimées ; ce qui ne ſe deuroit
pas excuſer en toy, demeurant dans Rome : Et que tu as manifeſté que tu n'auois qu'vne tres-chetiue connoiſſance au deſſein, & vne notice & diſcernement plus que vulgaires des choſes antiques, ſans ingenioſité ny erudition quelconque : Et de
plus, que tes imaginations y ſont ridicules, tes reflexions abſur-
des , & tes diſcours ſans ornement ny agréement : Encore
qu'il y ait 30. ou 35. ans que tu t'eſtudie à la recherche des ſingularitez antiques, & qu'il y auoit plus de quinze ans que tu
auois commencé d'eſcrire cette impertinente Hiſtoire & ridicule ouurage, lors que tu l'as fait Imprimer. Outre cela, plus
de dix perſonnages de qualité, tant Italiens que François, & des
plus verſez dans l'Antiquité, & és diſcernements des veritables
ou fauſſes Medailles, m'ont aſſeuré de temps en temps, depuis
16. ans en ça, que plus de la moitié de tes Medailles ſont fauſſes, de faux coin, & modernes ; & le tout tellement deſguiſé &
couuert de vernis compoſé de diuerſes mixtiōs luyſantes, qu'elles ſe trouuent ſuſpectes à tous les curieux ; & meſme en cela
particulierement, qu'elles ſont toutes écornées, pour deſrober
la connoiſſance de leur falſication, par l'inſpection des bords
d'icelles. Ce qui te doit faire reconnoiſtre pour l'vn des plus
grands fourbes d'Italie.

Couronne pour il Bouino Ouero. Premier Chardon.

EN la troisiéme page de ton Proëme, parlant de *Romulus*, dernier Empereur d'Occident, fils du Patrice *Orestes*, tu le nomme *Momillum Augustulum*, qui sont deux erreurs jointes ensemble, comme je l'ay justifié en mon 3. Volume, p. 468.

II. En la septiéme page tu represente la Medaille de *Sextus Pompeius* auec deux testes, que tu attribuë en la cinquiéme page au grand Pompée mesme; estimant qu'elle fut frappée en son honneur par ordre du Senat; & que l'autre effigie est de son fils aisné *Gnæus*, ou bien (ce dis-tu inconstamment) de *Sextus Pompeius* son puisné. Dont toutefois tu represente faussement les visages fort ieunes, & si mal rapportants à ceux de Pompée & de ses enfans, qu'il n'y a aucuns traits qui y rencontrent, comme ie le vay iustifier par la comparaison de celle-cy auec la tienne, que i'ay exprez tres curieusement fait desseigner sur plusieurs Medailles tres-nettes de cette qualité, dōt les plus riches Cabinets de Paris sont heureusement assortis.

Ce que i'ay estimé estre obligé de faire aussi particulierement, pour te faire connoistre à toy-mesme ton ignorance au naturel. Car cette Medaille fut frappée manifestement par *Sextus Pompeius*, tant en l'honneur de son pere, qu'au sien propre. Ces effigies estant d'vne part celle de son pere, & de l'autre la sienne propre, comme *Fuluius Vrsinus* l'a iudicieusement remarqué p. 206. Ioint que cette diuersité de visages, que cette

sorte de Médailles represente, fortifie cette preuue. Cette inscription d'ailleurs de PIVS IMP. ne se peut attribuer qu'à
Sextus Pompeius, comme celle de MAGNVS fut commune à
l'vn & à l'autre: *Sextus* l'ayant vsurpée, ou fauorablemēt receuë
de ceux de son party, comme fils du grand Pompée. L'epithete
ou surnom de PIVS luy ayant aussi esté apparemment attribué
à cause de sa pieté, tesmoignée enuers la memoire de son pere,
dont il releua la gloire le plus hautement qu'il peut, & le party,
& celuy de la Republique; & enuers les Proscrits qu'il receut
sous sa protection contre la tyrannie des Trium-virs. Les espics
de bled estants esgalement representez yssans du sommet des
testes du pere & du fils, dautant que pour le regard du pere, il
en auoit remply Rome & l'Italie par la deffaite des Pyrates; &
pour le regard du fils, il en auoit aussi par interualle assisté la
ville de Rome, en permettant que les traittes s'en fissent de la
Sicile qu'il s'estoit assuiettie. Le Vaisseau de mer qui se void
representé au reuers de sa Médaille, seruant de preuue de cela,
tant pour le pere que pour le fils. Mais, *Bouino*, tu n'as veu goutte à tout cela: Car ta presomption seule te conduit; & comme
vn Escargot qui n'a point d'yeux, tes seules cornes té seruent
de guides en toutes tes imaginations.

I I I. En la mesme cinquiéme page. Tu representé Iules Cæsar auoir fait la guerre en France, prenant auec vne tres grossiere ignorance & ineptie, la France pour les Gaules. Ce nom
de France n'ayant esté connu en Italie que plusieurs siecles depuis celuy de Cæsar. Et les François n'estans descendus dans la
Gaule pour s'y establir que sous Clodion. Comme le sieur Hadrian de Valois l'a iudicieusement prouué au troisiéme liure de
son docte & elegant Oeuure intitulé, *Gesta veterum Gallorum.*
Mais ie te le pardonne. Car comment se pourroit-il faire que tu
fusse sçauant en nostre Histoire, puisque tu es mesme tres-ignorant en la Romaine? Et pour la Grecque, tu la sçais comme vn
Bouuier de Terni la peut sçauoir.

I V. En la page 88. Médaille 17. Tu as pris grossierement la
Medaille Greeque de *Fuluia Plautilla* femme de *Caracalla*;
pour *Martia*, qui auoit esté femme de *Titus*, auant qu'il fust
paruenu à l'Empire; & laquelle mesme il auoit repudiée; Sue-

tòne la nommant *Martiam Furnillam*, & non pas *Fuluiam*, ce
que iuſtifie *Leuinius Torrentius* ſur cét Hiſtorien. Ce qu'eſtant,
& conſiderant ſon effigie & ſa coëffure eſtre toutes ſemblables
à celles de *Fuluia Plautilla*, ſur laquelle tu n'as pas eu le iugement d'y faire reflexion ; Ie tiens que cette Medaille luy appartient, car il ne faut pas s'eſtonner ſi en cette Medaille elle n'eſt
autrement appellée que ΦOYABIA *Fuluia*. Car ſon pere
meſme n'eſt nõmé que *Fuluius* par Spartian, cõme ie l'ay remarqué ſur la premiere Grecque de cettéImperatrice, T. 2. p. 248.

V. Ton peu de iugement paroiſt encore au naturel en la Medaille de Traian, qui a pour inſcription FILINVS. Car tu preds
imprudemment cét Athlete pour Apollon, ſans que ſa repreſentation ait aucun attribut ordinaire d'Apollon. Apres tu dis
que ce *Filinus* pouuoit eſtre quelqueMuſicien, auquel on auroit
adiugé vne couróne & vne palme. Quelle extrauagance y a-t'il
rien de plus groteſque dãs les reſueries des hypocõdriaques ? Car
ſi cela eſtoit, ce pretendu Muſicien euſt eſté ſans doute repreſenté en ce reuers, receuant des mains propres d'Apollon cette
couronne & cette palme ; De plus, ſi cette figure nuë eſtoit
Apollon, il ſeroit decoré de ſes attributs, qui ſont d'auoir le
chef radieux, ou bien la perruque longue & curieuſement agen-
cée autour du chef : le contraire ſe voyant en cette figure, qui a
les cheueux fort courts à la mode des Athletes. Et outre cela,
Apollon en vn myſtere de cette qualité, ſeroit repreſenté veſtu
de long, & aſſis, ayant ſa lyre, & quelque rameau de laurier aupres de luy. Enfin il a falu que ledit ſieur Triſtan t'ait appris
dans ſes Commentaires que ce *Filinus* eſtoit vn renommé Athlete natif de *Cos*, auquel Traian eſt comparé en cette Medaille, comme il l'eſt à *Euthymius* fameux Athlete de Locres, en vne
autre Medaille.

VI. Mais, certes, l'extrauagance de ton imagination ſe manifeſte encore plus admirablement Bouine auec ta ſimplicité Aſinine ; en ce que t'eſtant laiſſé attraper pour duppe en l'acqui-
ſition d'vne happelourde que tu as fait grauer en ſuite du Medaillon de *Filinus*, au reuers de laquelle ſe void y auoir vne
femme couchée ſur vn lict donnant à manger à vn Serpent,
auec cette extrauagante inſcription, OLYMPIAS RE-
GINA.

GINA. Car encore qu'il n'y ait rien d'extraordinaire en ce qui est representé au reuers de ce Medaillon Crotoniate de Traian, qui ne se voye aussi en plusieurs autres de diuers Empereurs & Imperatrices, comme estant la Deesse *Salus* sur son *Lectisternium* : Il est toutefois constant, qu'en celuy-cy, le nom de OLYMPIAS y a esté mis à plaisir, pour te faire reconnoistre par tous les Amateurs de l'Antiquité pour vn veritable Onosandre. Car y a-t'il rien de plus absurde, que de s'estre imaginé que l'on eust representé *Olympias* Mere d'Alexandre au reuers de Traian ? & encore en vne representation de cette qualité, où elle se void presenter à manger à vn Serpent dans vn plat ? Car bien que cette inscription fust veritable : Certes le Monnoyeur auroit fait vne extrauagance ridicule au possible, de representer cette Reine donnant à manger à ce Serpent, sous la forme duquel l'on auroit publié que Iupiter Hammon auroit secrettement iouy d'elle la nuict. Car cela eust esté entierement absurde, & hors de toute apparence. Certes il n'y a point lieu d'excuse icy pour toy. Et faut que tu confesse, que tu ne connois rien aux choses antiques, mesme en celles où il y a moins à douter. Ayant eu si mauuaise veuë, & si peu de iugement, de n'auoir sçeu appercevoir vne telle fourberie en certe happelourde, ny mesme d'auoir peu considerer que cette figure est representée vestuë, & dessus vn lict, & non pas nuë ny couchée dedans ; comme elle auroit esté, si d'on eust voulu faire voir en ce reuers de Traian, l'Histoire fabuleuse de cét admirable accouplement de ce Dieu sous la forme d'vn Dragon, auec cette Reine. Confesse donc, *Bouino*, que tant s'en faut que ce puisse en aucune façon estre icy cette fantastique representation d'*Olympias*, mais veritablement celle de la Deesse *Salus*, qui couchée sur son *Lectisternium*, ou lict sacré, presente (comme c'est la coustume és monuments antiques) à manger à son Serpent.

VII. Voicy en suite vne autre marque de ton insuffisance & de ton peu de raisonnement. Le reuers de la Medaille du mesme Traian qui represente l'Arabie auec ses attributs, en est vne preuue qui te doit faire rougir. Car pour n'auoir sçeu discerner, tant tu es grossier, la difference qu'il y a en leur forme,

Z

entre vne Pyramide, & vne canne ou rozeau, qualifiant ce que
l'Arabie porte fur fa main gauche, & appuyé contre fon bras,
vne chofe femblable à vne Pyramide, fans confiderer, qu'és
Medailles nettes, tant en or qu'en autre métail, il fe void ma-
nifeftemént que c'eft le *calamus odoratus*, tant par fa forme, que
par les genouillets qui fe voyent tout du long de diftance en diftance en cette canne ou rozeau Arabique, dont ledit fieur Triftan a donné vne exacte connoiffance en fon premier Tome, p.
390. Medaille 8. Eftant vne chofe agreable que tu aye peu
croire que ce fuft vne Pyramide, ou autre chofe qui luy fuft femblable, que l'on euft pofée fur le bras gauche de cette ftatue;
Toy qui ne veux pas fouffrir que l'on ait remarqué vn Nauire
en eftre chargé d'vne en la Medaille des Copiens, dont a efté
cy-deuant parlé.

VIII. Mais ce qui fuit eft bien moins excufable. Car tu as
conuerty deux Cheuaux en deux Beliers ou Moutons, par vne
métamorphofe autant ridicule que prodigieufe, en vne autre
Medaille du mefme Empereur; & encore des Palmes en des
cornes. Mais ie t'excufe, parce que les Bouuiers connoiffent
mieux les cornes que les Palmes, comme en ayant toufiours deuant les yeux. Sçache donc ô *Bouma*, que ces deux moutons
font des cheuaux, portants fur leurs teftes des Palmes, comme
victorieux à la courfe, & que ce perfonnage que tu vois au milieu d'eux, eft le fameux Pugile & Athlete, *Euthymius*; les premieres lettres du nom duquel EVΘ fe lifent en ta Medaille,
lequel les tient à la main par le filet. Eftant vne inaduertance
prodigieufe, de voir que tu l'as pris pour vn Victimaire qui alloit facrifier ces admirables moutons à Iuppiter; & encore vne
grande ignorance & inexperience és difcernements des cho-
fent antiques, & furtout de la pourtraiture, de ne t'eftre au
moins défié par la pofture de ces cheuaux, que ce ne pouuoiet
pas eftre ny des moutons ny des Beliers. Car ce maniment du
pied de deuant hors du montoir, que tu auois mefme peu ob-
feruer en ceux, qui en ta vingt fixième Medaille tirent ce glorieux Athlete dans fon char, eft le gefte ordinaire des cheuaux
genereux & pleins de feu & d'impatience viue & gaye de
courre auec liberté, & que nuls autres animaux n'ont en com-

mun auec eux, ny encore moins des moutons, que quelqu'autres que ce foient. Et neantmoins, tu prends fuiet fur ces be-
ftiaux, de t'extrauaguer de fi mauuaife grace, & auec vne fripperie fi ridicule, qu'il n'y a lieu d'en pouuoir excufer l'ineptie.
IX. Apres cela, il ne fe peut rien lire de plus groffier, que ce
que tu commente honteufement fur le fuiet d'vn mouton reprefenté au reuers d'*Antinous*, és pages 136. & 137. n'y ayant ny rime ny raifon à tout ce que tu dis en ton Obferuation, ny aucun
fondement d'y auoir peu appliquer ce que tu y as employé.
Tu te mefprends encore groffierement fur ta 43. Medaille
d'Hadrian, qui a pour infcription, PROVIDENTIA DEO-
RVM S C. où tu attribué vn *Lituus*, ou Croffe augurale entre
les ferres de l'Aigle qui s'y void defcendu des Cieux, au lieu
d'vn fceptre, comme *Erizzo* & *Antonius Auguftinus* le recon-
noiffent : Cét Oyfeau celefte & diuin luy apportant de la part
de Iuppiter le fceptre de l'Empire. Ces deux fçauants Antiquaires toutefois s'eftant mefpris tous deux, l'vn, d'auoir pris
cét Aigle pour vne colombe, & l'autre pour vn oyfeau augural
fimplement, deuers lequel ce perfonnage reprefenté en ce reuers portaft fa veüe pour en receuoir l'augure, en quoy l'ayant
fuiuy, tu as failly aprés luy. Mais ta faute eft double, & la fienne n'eft que fimple : Car tu as fubftitué vn *Lituus*, où luy a
reconnu que c'eftoit vn fceptre, en quoy tu nous as voulu
impofer, n'ayant voulu t'inftruire par ce que ledit fieur Triftan
en auoit remarqué, T. premier, p 463.
X. En fuitte en ta 46. Medaille du mefme Hadrian, tu as attribué à vne fleur, le rameau de Perfil de montagne qui s'y void
dans vn vafe auec l'infcription de RESTITVTORI ACHA-
IÆ. S C. Et que ledit fieur de St Amant a expliquée p. 470. Ce
qui ne fe peut excufer en toy, qui fais le Cenfeur : Car tu as deu
auoir appris à difcerner les fleurs d'auec des rameaux de plan-
tes, & les faire bien deffeigner & grauer artiftement fur des
Medailles tres nettes, comme il s'en rencontre plufieurs.
XI. Il en eft de mefme de ta Medaille 56. du mefme Empereur ; où la Dace eft reprefentée affife, ayant vn Aigle Legion-
naire en vne main, & vn couftelas courbé tenant de la forme
d'vne faucille, en l'autre. Qui eft vne forte d'arme lors particu-

lierement propre à cette Nation (& aux Parthes, & à present
aux Turcs) comme il se verifie par la colomne Traiane, qui en
fait voir de cette sorte és mains des Daces combattants contre
les Romains, en la 84. Planche du liure qui en a esté donné
au public, comme aussi par d'autres Medailles, ainsi que celle
d'*Otacilia Seuera* le iustifie, dans le 2. Tome des Comm. dudit
sieur de St Amant, p. 265. dont les Thraces auoient esté les
inuenteurs, l'appellants ἅρπη, selon Clement Alexandrin l.
1. de ses Tapisseries, la designant ainsi, ἐπὶ δὲ μάχαιρα καμπύ-
λη. i *Est autem incuruus gladius* & comme aussi Iosephe la represente en son 20. liure : estimant que nostre instrument rustique
appellé Serpe ou Sarpe qui a rapport à la forme de cette sorte
de coustelas, a emprunté son nom de ce mot Grec. Et neantmoins, *Bouino*, tu en faits vne verge, contre toute apparence
& verité.

XII. Apres les ridicules metamorphoses que tu auois faites
des cheuaux en moutons, des Palmes en cornes, & d'vn Athlete victorieux en vn Victimaire, il ne s'en pouuoit pas rencontrer vne autre dans ton liure de plus prodigieuse extrauagance,
que celle que i'apperçois en cette Medaille de Caracalle, de la
page 254. où tu as fait voir vn Crocodil sous le pied droit de
cét Empereur, au lieu d'vne Proüe, que ie te mets deuant tes
yeux en cét endroit, tirée d'vne Medaille parfaitement nette.

Afin de te donner suiet de t'humilier, reconnoissant ton ignorance d'vne part ; & de l'autre, que tu n'es capable d'aucun
veritable discernement és singularitez Antiques.
XIII. Voicy encore vne autre erreur assez grossiere pour
n'estre passée sans correction, qui concerne ce petit simulacre
encapuchonné,

encapuchonné, voifin de celuy d'Efculape, en la XXV. Medaille de Caracalle, qui reprefente le Thelefphore , troifiéme Deité prefidante fur la fanté. Car tu le qualifie *Efculapietto* en vn endroit auec grande ineptie ; & puis en vn autre, tu dis encore plus fottement, que c'eft Machaon, qui font des penfées veritablement dignes de toy. Car qui a iamais oüy parler qu'il y euft eu dans l'Antiquité deux Efculapes, l'vn grand & l'autre petit ? ou que ce Dieu euft eu vn fils qui euft porté fon nom ? Quant à Machaon, fi c'eftoit luy, par quel priuilege euft-il efté mis aupres de fon pere , plutoft que fon frere Podalire ? As-tu iamais leu qu'ils fuffent ainfi reprefentez ? Certes tes vifions font fi groffieres & fi abfurdes, que ie fuis honteux de me voir obligé de les examiner. Confulte donc les Commentaires Hiftoriques dudit fieur, fi tu veux connoiftre quel eftoit ce petit Dieu Telefphore, ou *Telefphorion* : Car tu y apprendras en plufieurs endroits ce que tu as toufiours ignoré, & plufieurs autres auec toy.

XIV. La cinquiéme d'Elagabale te doit rendre confus & fans replique. Car tu as fait reprefenter cét Empereur ayant vne palme en la main ; & neantmoins en ta defcription, tu luy fais tenir de cette mefme main vn *Parazonium*, ou poignard de ceinture, Imperial, n'y ayant rien en toute l'Antiquité, qui ait moins de rencontre de l'vn auec l'autre, qu'vne Palme n'en a auec ce poignard. Mais il ne faut pas s'eftonner fi tu as efté capable de metamorphofer vne palme en poignard en cette Medaille, ou vn poignard en palme, puifque tu as cy-deuant transformé des palmes en cornes de belier.

XV. Tu as tres-mal leu l'infcription Grecque de la Medaille de *Tranquillina*, p. 300. ou plutoft *Afinius Beftia*. Car il y a ΦΟΥΡΙΑ CABEINA TPANKYAΛEINA CEB. Et fi tu y lis, ou luy, CABINA TPANKYAΛAINA. Et encore plus miferablement tu as leu CAMHΩN au lieu de CAMIΩN. & interpreté ce mot, SAMO, mot barbare, inconnu, & qui ne fignifie rien, au lieu de SAMIORVM. T'imaginant au refte que c'eft vne figure de femme, qui te femble s'enfuir. Au lieu de iuger que c'eft la reprefentation de Iunon, Patrone des Samiens , laquelle eft feinte icy partir de *Samos* par Mer ; le bouclier au bras, pour aller combattre les

A 2

Perses auec Gordian, fauorifant fon entreprife par fon affiftance; fe tournant deuers l'Occident, & y portant la main haute,
comme donnant ce fignal de la main haute eleuée aux armées
Nauales de l'Empereur, & à l'Empereur mefme qui deuoit paffer dans l'Afie, qu'ils fe haftaffent de faire ce traiect; car elle feroit leur guide, & leur rendroit la victoire affeurée fous fa conduite.

XVI. Tu as pareillement ignoré pourquoy Iunon eft fur-
nommée MARTIALIS en la Medaille de *Trebonianus Gallus*,
p. 314. N'ayant ofé rien dire fur cét Epithete, de peur de manifefter ton ignorance. Mais depuis, ledit fieur en fon fecond
Tome t'en a peu donner vne connoiffance parfaitte, page
668.

XVII. Tu n'as pas confideré auec iugement p. 317. fur la
Medaille de Valerian, qu'Apollon furnommé PROPVGNA-
TOR n'y pouuoit rien defigner, concernant la conferuation
de l'Empereur contre la pefte. Cela eftant ce qui eft entendu
par l'epithete de SALVTARIS. Car celuy de *Propugnator*, &
cette pofture de ce Dieu tirant fortement de l'arc, eftant le fymbole de l'affiftance fauorable que l'on attendoit de luy és combats contre les Perfes, comme plus expert & plus redoutable Sagittaire qu'eux.

XVIII. Mais ie n'ay iamais rien eu de plus impertinent, ny
qui puiffe manifefter dauantage ton ignorance dans les chofes
antiques, que cette abfurdité, d'auoir leu au reuers de Gal-
lien, qui a pour deuife vn Pegafe SOLEMNIS AVG. p. 314.
au lieu de SOLI CONS. AVG. Et en vn autre reuers, où fe
void vn Griffon reprefenté, ALACRITATI AVG. au lieu
d'y lire APOLLINI CONS. AVG. C'eft à dire, SOLI
CONSERVATORI AVGVSTI, & APOLLINI CON-
SERVATORI AVG. Car fi ce ne font là des barbarifmes &
des enigmes inexplicables formez fur des infcriptions d'vn fens
tres-intelligible; Certes ie confeffe que ie fuis moy-mefme *il
Bouino Quero*. Confulte *Occo* pp. 469. & 471. & tu rougiras de
honte de t'eftre fait reconnoiftre fi groffier, & tellement dé-
pourueu de fens commun.

XIX. En la page 349. il y a au reuers de *Carus* deïfié, vn Autel, fur lequel il y a du feu repreſenté, ou bien fans doute aucune, il l'a deu eſtre auec l'inſcription ordinaire de CONSECRA-TIO. Et neantmoins ta verue Bouine t'a fait prendre par vne ie ne ſçay quelle bigearrerie d'imagination, cét Autel pour vn buſcher : Quelle extrauagance peut eſtre comparable à celle-cy ?

XX. Tu dis p. 190. ſur le ſuiet de l'inſcription de VENERI VICTRICI, & du type qui ſe void au reuers de la Medaille de Fauſtine, femme de Marc. Aurele, où *Venus* retient *Mars* allant en quelque expedition guerriere ; que c'eſt la repreſentation d'vn Gladiateur que cette Imperatrice aimoit eſperduëment, & que l'on ſoupçonnoit eſtre pere de Commode à cauſe de cela. Pour marque de quoy, tu eſtime que le Senat fit frapper cette Medaille pour repreſenter tacitement l'amour deſ ordonné que Fauſtine portoit à ce Gladiateur, les y ayant fait voir ſous les repreſentations de *Mars* & de *Venus*. Qui eſt vne imagination autant ridicule qu'il ſe puiſſe exprimer. Comme s'il eſtoit vray-ſemblable qu'vn ſi auguſte, ſi prudent, & ſi ſage Senat, euſt eſté ſi peruerty d'entendement, & ſi inconſideré, que d'auoir oſé faire marquer par ſon decret derriere la Mõnoye de l'Imperatrice, l'Empereur ſon mary preſent & regnant, aimé, honoré, & reſpecté d'eux parfaitement à cauſe de ſon excellente vertu, le monument d'vne action ſi honteuſe, & qui luy tournoit à vn ſi grand opprobre & à ſon fils, & à toute ſa maiſon. Certes, cette ſorte de reflexion ſur l'Hiſtoire, me ſemble meriter pour ta recompenſe, que l'on te donne plus qu'à l'ordinaire vn boiſſeau de chardons dans ta mangeoire.

XXI. Il ſe void encore vne grande abſurdité en ton raiſonnement ſur le reuers de la 27. Medaille de Caracalle, où vn Lion eſt repreſenté portant vn foudre en ſa gueule : Car tu dis imprudemment que c'eſt le ſymbole de la Clemence au Lion ; veu que cét animal armé de la ſorte ne peut deſigner au reuers d'vne Medaille de cét Empereur, que les menaſſes d'vn chaſtiment deſtiné par luy contre les Perſes, dont il ſe vouloit vanger aſſiſté de la Iuſtice diuine ; Comme ſi Iupiter luy auoit enuoyé ſon foudre pour cét effet. Ne s'eſtant iamais leu, ny oüy dire, que le foudre fuſt vn inſtrument de miſericorde & de cle-

mence: Car mefme eftant reprefenté arrefté & repofé fur vn Autel, il ne fignifie rien qui ait rencontre de foy auec la clemence,
mais feulement que l'Empereur remettoit aux Dieux le chafti-
ment reftant à faire des ennemis de l'Empire Romain, dont il
auoit receu la puiffance, & dont le foudre eftoit le fymbole, comme auffi de victoire & de felicité : ainfi que ledit fieur de St A-
mant l'a curieufement remarqué fur la 4. Medaille d'Elagabale, és pages 330. & 331. T. 2.

XXII. En la quatriéme Medaille de *Geta*, p. 261. tu te manifefte auffi peu verfé qu'en tout le refte és difcernements des
fymboles de l'Antiquité. Car y a-t'il rien de plus abfurde, que
de croire qu'en ce reuers ce foit Minerue (qui s'y void affife)
qui facrifie à la Santé en faueur de *Geta* : Comme fi les Dieux
eftoient eftimez s'entre-adreffer des facrifices & des vœux les
vns aux autres pour la fanté, profperité, & fortunes des mor-
tels. Ioint que les facrifices ne fe faifoient pas fans Autels. Tes
vifions eftants les plus fantaftiquement bourruës, vaines, & heteroclites, qui fe puiffent imaginer. Car pour le regard de cét
Enigme, il defigne toute autre chofe que cela. Car c'eft Rome
affife comme de couftume, le cafque en tefte, vn fceptre en vne
main, & fon bouclier proche d'elle, faifãt le mefme office enuers
le Serpêt de la Deeffe *Salus*, en faueur de l'Empereur, qu'vne ieune fille vierge auoit couftume de faire à *Lanuuium* dans le *La-
tium*, tous les ans, comme ledit fieur de St Amant l'a remarqué
par les tefmoignages d'Ælian, & de Properce, fur la 8. Medaille de Fauftine, p. 671.

XXIII. Tu es fi groffier, *Bouino*, qu'en nous debitant des im-
pertinences, tu eftime dire toutefois des chofes tres rares &
tres curieufes pour noftre fatisfaction. Ce qui te rend le plus
ridicule de tous les hommes : Comme entre vn grand nombre
d'autres il fe verifie par le mal-adröit narré que tu fais p. 120. des
Fortunes guerrieres de Traian, arriuées en Oriët, que tu dis eftre
entéduës par la Medaille Crotoniate que tu as dõnée auec auffi
peu de iugement que de raifon. Car là, tu nomme *Artun* vn
Roy des Parthes, appellé *Pacorus* par les Hiftoriens, qui fe trouua eftre nouuellement decedé, lors que Traian arriua dans
l'Afie, eftant vne fottife la plus ridicule du monde, de donner
vn

vn tel nom de Roy d'Angleterre à vn ancien Roy des Parthes,
comme si les noms d'*Artur* & de *Pacorus* estoient vne mesme
chose ; ce que tu adiouste en cét endroit, estant à peu pres autant Asinesque que cette extrauagante : Car tu appelle lourdement Parnapate cét autre Roy que Traian substitua en sa place,
qui est appellé par Dion l. 68. *Parthenaspates*; corrompant grossierement le veritable nom de ce Roy. Et de plus, par vne ignorance inexcusable, tu obmets *Chosroes* ou *Osroes*, fils dudit *Paco-*
rus, & son successeur, lequel fut deffait & chassé de son Royaume par Traian, comme nous l'apprenons de cét Historien. Pline
second l. x. de ses Epistres, remarquant, que ce *Pasorus* auoit eu
intelligence auec *Decebalus*, Roy des Daces, nouuellement
dompté auec toute sa Nation par Traian. Estant vray-semblable, que cela auoit esté la cause principale de faire resoudre Traian de l'aller chercher dans son propre pays pour luy en faire
autant, comme il fit à son fils, l'ayant trouué mort y arriuant.
Mais il faut finir cette ennuyeuse recherche de tes inepties,
Bouino ; estant honteux d'auoir si mal employé mon temps apres
ces bagatelles : Mais l'absence dudit sieur de St Amant m'y a
obligé, m'ayant semblé, que ie deuois t'humilier moy mesme,
sans luy en donner la peine, comme n'estant pas vne occupation digne de luy. Car, ἐλέφας μῦ ᾽χαλίσκε. L'Elephant mesprise la souris auec raison, ce dit *Zenobius*, dont la victoire seroit trop abiecte pour luy.

Sur les Articles calomnieux de Bouino Ouero, *concernans*
les Medailles pretenduës modernes ou fausses, expliquées
par ledit sieur.

Ster remarque dans *Suidas*, que l'on auoit erigé vn Temple
en l'honneur de l'Impudence, laquelle *Menander* qualifie la
plus grande des Deesses.

ὦ μεγίστη τῶν θεῶν.

Νῦν ᾽σ᾽ ἀναίδεια

C'eſt à dire. O Impudence! puiſque tu es à preſent la plus grande des Deeſſes : Certes, *Boüino*, l'on te peut dire auſſi eſtre ſon
plus grand adorateur ; & que l'on void bien que tu luy as ſacri-
fié toute ta vie, te l'eſtant renduë ſi familiere par tes careſſes,
qu'il eſt bien ayſé de voir qu'elle ne t'abandonnera iamais. En
voicy des marques ſignaléés. Pour taſcher de te faire croire
eſtre intelligent entre le commun des ignorants, meſme és diſcernements des choſes que tu n'as pas veuës ny peu voir ; Tu
t'es aduiſé d'auancer temerairement que ledit ſieur auoit donné dans ſes Commentaires quelques Medailles tres fauſſement
iugées par toy eſtre fauſſes. Qui eſt vne calomnie d'autant plus
apparente, que tout le monde ſçait, que s'il euſt eu le deſſein de
produire des Medailles fauſſes pour des Antiques, il n'eut pas
laiſſé vne douzaine de places vuides dans ſon premier Volume,
dont il a ſeulement expliqué les Medailles, ainſi que les Antiquaires les ont enoncées dans leurs Oeuures auant luy, ſans les
y faire repreſenter, comme ne les ayant euës en ſa poſſeſſion.
Car ſi il en euſt voulu abuſer le Lecteur, il luy eſtoit bien facile
de les faire grauer à plaiſir, & les expoſer en leur rang comme
les autres. Et pour les autres que ledit ſieur a données, voicy, ô
Archi-fourbe de Terni, que i'oppoſe en ſon abſence à ta calomnie, ces veritez, par autant d'articles de calomnie que tu as
donnez, pour ſeruir de preuues iuſtifiantes de ſa ſinceritè.

I. En premier lieu, ce qui rend ta malice apparente, & ta Cenſure, concernant la Medaille d'argent de *Cimber*, eſt, que le feu
ſieur Meneſtrier, dont l'intelligence en ces diſcernements t'e-
ſtoit plus connuë qu'à nous, l'auoit donnée auant ledit ſieur de
St Amant, en ſon liure des Medailles antiques, n'ayant ſçeu toutefois bien connoiſtre les particularitez de ſon reuers, comme
ledit ſieur a fait depuis.

II. La ſeconde eſt vne tres antique & tres ſincere Medaille
de Lepide, laquelle eſt Grecque, appartenant au ſieur de Bretagne, Conſeiller du Roy, & Commiſſaire General & Extra-or-
dinaire des Guerres, Perſonnage doüé d'vne rare capacité en
tout ce qui concerne la connoiſſance de la Pourtraicture, &
l'intelligence és diſcernements des ſingularitez Antiques, dont
il a vn tres riche Cabinet en tous metaux. De ſorte que c'eſt

vne grande effronterie à toy, qui n'es comparable à luy non plus qu'vn Oyſon le peut eſtre à vn Aigle en ſon vol, de prononcer finiſtrement de cette Medaille contre l'ineffabilité de ſon iugement exquis, & de celuy de tous les plus intelligents Antiquaires de Rome, auſquels il l'a communiqué auec ſa courtoiſie & generoſité ordinaires, & qui tous l'ont admirée.

III. La Medaille de Marc-Antoine & de Cleopatre, eſt vne petite Medaille de cuiure, ayant diſtinctement ces demy-mots en ſon reuers, CLAS. ALEX. Eſtant au reſte de la qualité de celles qui ne peuuent receuoir aucun ſoupçon d'eſtre fauſſes ou contre faites, ſon verny antique la rendant d'ailleurs exempte de cenſure. Eſtant vne grande effronterie à toy d'oſer entreprendre d'y vouloir ſubſtituer vne autre inſcription tres-abſurde, qui n'y peut auoir iamais eſté.

IV. Pour le regard de la tres-rare Medaille de *Druſus* auec la teſte; Il en a encore vne autre tres aſſeurément antique, & plus conſeruée que celle cy, que tu oſe contre-roler, dans l'ineſtimable Cabinet d'Antiquitez du ſieur de Keruer, Conſeiller du Roy, & Receueur general des Finances à Paris. Eſtant vne choſe honteuſe à toy, qu'eſtant ſi ignorant en toutes choſes, tu oſe neantmoins condamner temerairement de faux tout ce que tu n'as pas veu à Rome; qui eſt vne malice, & vne marque de ialouſie digne de chaſtiment, comme ſi tout ce qui ne ſe rencontre pas à Rome, ne ſe pouuoit trouuer ailleurs, qui eſt vne incroyable abſurdité. Teſmoin en eſt le grand Tibere de CIVITATIBVS ASIÆ RESTITVTIS, que toy, ny les plus inſignes Antiquaires de Rome, n'auiez eſtimé ſe pouuoir trouuer auec la teſte de cét Empereur. Et neantmoins tu en as eſté deſ-abuſé par le ſieur Bon-fils, tres-digne Chanoine de l'Egliſe Cathedrale d'Aix, qui t'en a fait voir vne à Rome, auec vn eſtonnement eſgal à celuy de la rencontre de l'anneau de *Gyges* meſme.

V. Les deux petites Medailles qui portent l'inſcription de ΓΑΙΟΝ ΚΑΙΣΑΡΑ, ne peuuent appartenir qu'à *Caius Cæſar*, neueu d'Auguſte; puiſque meſme c'eſt ſon effigie. Mais ce qui iuſtifie ton ignorance Bouine & Aſinine; eſt que tu n'as pas eſté capable de la diſcerner d'auec celle de Ca-

ligule ; & fur tout, d'auoir efté fi impertinent, que d'auoir con-
fondu les infcriptions de ce ieune Cæfar auec celle de cet Empereur : lequel n'eft iamais qualifié fimplement CAIVS CÆ-
SAR en fes Medailles Latines , ny ΓΑΙΟΣ ΚΑΙΣΑΡ és
Grecques , fans y adioufter GERMANICVS , ou AVG.
GERMANICVS és Latines, &c. Et és Grecques ΓΑΙΟC
ΚΑΙΣΑΡ ΓΕΡΜΑΝΙΚΟΣ ΣΕΒΑΣΤΟΣ , ou bien , ΓΑΙΟΝ
ΚΑΙΣΑΡΑ ΓΕΡΜΑΝΙΚΟΝ ΣΕΒΑΣΤΟΝ. Qui eft vne le-
çon que ie te donne, & que tu peux encore prendre de *Goltzius*
en fon Threfor, & dans *Occo*. Ces Medailles tres rares au refte
ayants efté communiquées par le R. P. Iacques Sirmond , &
par le feu fieur Hautain, audit fieur Triftan. Tous deux perfonnages tellement verfez és difcernements de ces fingularitez antiques, que tu ne leur y es non plus comparable qu'vn Bouuier
de Terni le peut eftre , pour pouuoir difcerner vne Medaille
antique d'auec vne happelourde defguifée pour l'attraper, comme tu l'as efté cinquante fois.

VI. Il eft encore auffi faux, que la petite Medaille de Caligule & de fa femme , foit d'Augufte & de *Liuius*. Car elle eft fi extremement belle, & chargée d'vn fi net & agreable verny antique , que ledit fieur n'a peu eftre trompé au difcernement des
vifages tres-differents de ces Empereurs : Ioint qu'il y en a encore trois autres toutes femblables en effigies, qui manifeftent
cela parfaitement, en trois differents Cabinets de Paris. Ce qui
te doit confondre, & faire confeffer ton ignorance.

VII. Le Medaillon Didrachme de Neron frappé a Rhodes
eft fi fincere , qu'il n'eft pas plus veritable, que tu as vn corps
Onocephalique ; c'eft adire, chargé d'vne tefte d'Afne, qu'il eft
certain qu'il n'y a aucun défaut en fon infcription. Eftant mer-
ueilleux de te voir prononcer fur des infcriptions Grecques ,
toy qui n'as iamais fçeu lire vn mot Grec, finon celuy de ὄνθ',
qui fignifie vn Afne, parce que c'eft ton epithete.

VIII. Quant au *Claudius Macer* , ledit fieur y a amplement
& fidelement fatisfait en l'expliquant.

IX. La Medaille Grecque de Traian , qui a pour infcription
ΔΙΚΤΥΝΝΑ en fon reuers, eft d'argent, & par confequent
eft tres rare, & en cette qualité a efté trop curieufement confi-
derée

derée par ledit fieur, pour n'auoir efté reconnuë tres-antique
par luy, laquelle ayāt autrefois appartenu au fieur Chaduc, Doyē
du Prefidial de Rion, eſt à prefent tombée dans le tres-riche
Threfor d'Antiquitez de Monfieur de Mefmes, Prefident en la
Grande Chambre du Parlement de Paris, où elle tient le rang
qu'elle merite entre les plus rares, & qui font hors de tout
foupçon d'eſtre defguifées ; ce qui manifeſte ton impoſture.

· X. Cette petite Medaille d'Hadrian eſt de cuiure, & de fabrique eſtrangere & groſſiere ; mais fi affeurément antique, qu'il
n'y a point de Medaille à Rome plus certaine que celle-là.

XI. La Medaille d'*Ælius Cæfar* expliquée par ledit fieur de
St Amant, a efté extraicte par luy d'*Octauius Strada* à *Rofberg*,
celebre Antiquaire de l'Empereur Rodolphe, à la memoire duquel tu fais iniure à mauuais titre, meritant d'eſtre fuſtigé autour de fon Tombeau.

XII. Celle de Fauſtine appartient auec certitude à la mere,
& non à la fille.

XIII. Le Medaillon de Commode & de *Verus* a efté donné
au Public par le fufdit *Octauius Strada* ; & il s'en void encore icy
deux autres d'vne antiquité irreprochable, quoy que mal-trait-
tez de la roüille. C'eſt pourquoy ledit fieur Triſtan a fait fon
extraict fur celuy dudit *Strada*, qui fe void en la page 69. Ce
qui te manifeſte le plus infigne impoſteur de ta ville de Terni.

XIV. La Medaille de CÆS. DICT. PERP. eſt de *Goltzius*, qui l'a donnée en fa 7. Planche, lequel tu taxe effrontément de fourberie par ta Cenfure, qui te rend digne d'eſtre
fuſtigé.

XV. La Medaille de DIVO IVLIO a efté donnée par cét
habile homme Antiquaire, dont feu Iacques de Bie, celebre
Graueur en cuiure, a graué les Medailles, lefquelles l'on void
auoir efté iointes aux Dialogues d'*Antonius Auguſtinus* faits Latins par *Schottus*, planche premiere ; ce qui éuente ta malignité
& ton impoſture enuers ce docte perfonnage.

XVI. La Medaille d'argent de SALVS GENERIS HV-
MANI, a efté tirée du liure d'*Octauius Strada* à *Rosberg*. P. V.
ce qui doit impofer filence à ta médifance, & corriger ton ignorance.

C c

XVII. La Medaille de *Drusus* auec l'inscription de RHE-
NVS, est vne tres rare Medaille d'argent, donnée au Public
par le docte Antiquaire *Velserus*, en son 4. liu. *Rerum Augusta-
narum Vindelicarum*, p. 46. Et par *Adolphus Occo* apres luy.
Tous deux personnages qui te surpassoient de leur viuant en
toutes sortes de connoissances & discernements és singularitez
antiques, comme les Alpes s'éleuent au dessus d'vn chetif monceau de fange.

XIX. Ces Medailles d'argent d'Othon, se voyent non seulement en plusieurs Cabinets de Paris, mais aussi d'ailleurs; &
mesme *Occo* en a rapporté és pages 140. 141. comme aussi *An-
dreas Schottus*, Planche 23. Ce qui verifie ton imprudence au
choix des choses que ta ialousie & ta malice te font contre-roler.

XX. Celle de *Nerua* a esté donnée par *Occo*, p. 189. laquelle ledit sieur de St Amant n'a pas fait grauer, comme ne l'ayant pas
veuë. Partant tu es iniurieux à la memoire de ce fidele & intelligent Antiquaire.

XXI. Le mesme *Occo* rapporte encore celle cy dudit *Nerua*,
p. 191. Et par consequent tu es vn menteur, & ton impudence ne se peut excuser.

XXII. Ledit sieur Tristan a tiré du iudicieux & docte Antiquaire Onuphre le Medaillon qu'il a expliqué auec l'inscriptiõ
de SPQR. DIVO TRAIANO PARTHICO, ainsi qu'il
l'a remarqué & reconnu en l'expliquant, comme c'est sa coustume. De quel front donc luy as-tu osé imposer, qu'il a leu en
cette inscription SPQR. OPTIMO PRINCIPI ? Certes ta
folie est tellement incurable, qu'vne marotte te sieroit mieux
en la main, qu'vne plume.

XXIII. Quant à la Medaille d'or tres rare d'Hadrian, qui a
pour inscription P. M. TR. P. COS. III. SÆC. AVR. Ie
l'ay veuë & consideree aussi bien que ledit sieur, plusieurs fois.
Premierement chez le feu sieur de Lingendes, comme aussi ledit sieur Tristan, entre les plus riches Medailles dont il auoit vn
choix tres iudicieux. Et depuis encore dans le tres riche Cabinet du feu sieur Hautain, dõt ledit sieur a assez publié le merite
dans ses Oeuures, & qui estoit le plus exact detous les Antiquai-

res qu'il ayt connu en ces difcernements de Medailles antiques, veritables, ou fauffes. Sa derniere maladie qui le ra-
uit au Public ayant efté caufe qu'il ne peut en iouïr pour la
pouuoir faire grauer. Mais *Occo* en tout cas dément ton impo-
fture, lequel en décrit exactement vne pareille, p. 237.

XXIV. Refte la Medaille d'argent de Fauftine la More, qui
a en fon infcription DEDICATIO ÆDIS. C'eft vne Medaille tres-cômune, & qui fe rencontre en plufieurs Cabinets de
Paris, laquelle i'ay trouuée pareillement dans celuy dudit fieur,
fort belle, tres fincere, & hors de tout foupçon de n'eftre antique. Ioint qu'elle a efté donnée par *Occo* p. 273. De forte qu'il
n'y a que des ignorants és chofes antiques, capables d'auancer
qu'elle ait vne infcription fauffe.

Voila, *Bouino*, vn Abregé de tes extrauagances, que i'ay eftimé eftre obligé de te mettre deuant les yeux, tant par motif de
charité, afin qu'il te ferue comme de miroir, pour t'humilier,
en les confiderant, que pour fatisfaire à mon deuoir enuers ledit fieur Triftan de St Amant, que tu as ofé cenfurer auec autant d'ignorance que d'effronterie. Ne doutant nullement que
toute l'Italie, qui abonde en fçauants & iudicieux Antiquaires, ne te reconnoiffe pour le plus groffier, plus ftupide, & le
plus ignorant de tous les hommes, lors qu'elle confiderera ta
prefomption à contre-rôler ce que tu n'as iamais efté capable
de difcerner, puifque tu as efté iufques là, lourdaut, d'auoir
pris vn Athlete pour Apollon, vn autre Athlete pour vn
Victimaire, deux Moutons pour deux Cheuaux, des cornes
pour des Palmes, vne Pyramide pour vne canne Arabique,
vn Crocodil pour vne Proüe de Nauire, vn poignard pour
vne palme, vn bufcher pour vn Autel: Et tant d'autres chofes de pareille extrauagance, que tu as miferablement manife-
ftées à ta confufion. En forte que tes erreurs égalent les perio-
des de tes écrits, & que pour en faire des Tables ou Indices: ce
feroit vn ouurage qui égaleroit en groffeur celuy de tes Liures;
Parce que chaque page en pourroit fournir fuffifamment pour
en dreffer vne particuliere. C'eft pourquoy, le Lecteur m'en
difpenfera, s'il luy plaift, par fa courtoifie ordinaire. Ioint que
ce feroit vn ouurage indigne de moy. Il fuffit que ie t'aye ap-

pris à tes defpends ; qu'il eft mortel à vn Bouc d'attaquer vn
Lion. Et comme il fut funefte auffi, felon l'Ariofte en fon 32.
Chant, à Clodion & à fes compagnons ruftiques & brutaux
comme toy, d'auoir ofé brauer l'inuincible Paladin Triftan,
anceftre dudit fieur Triftan, auffi genereux que luy, & que tous
fes defcendants.

FIN.

K._

www.ingramcontent.com/pod-product-compliance
Lightning Source LLC
Chambersburg PA
CBHW060847250626
47162CB00005B/2184